KB061835

낯선 기억들

철학자 김진영의 난세 일기

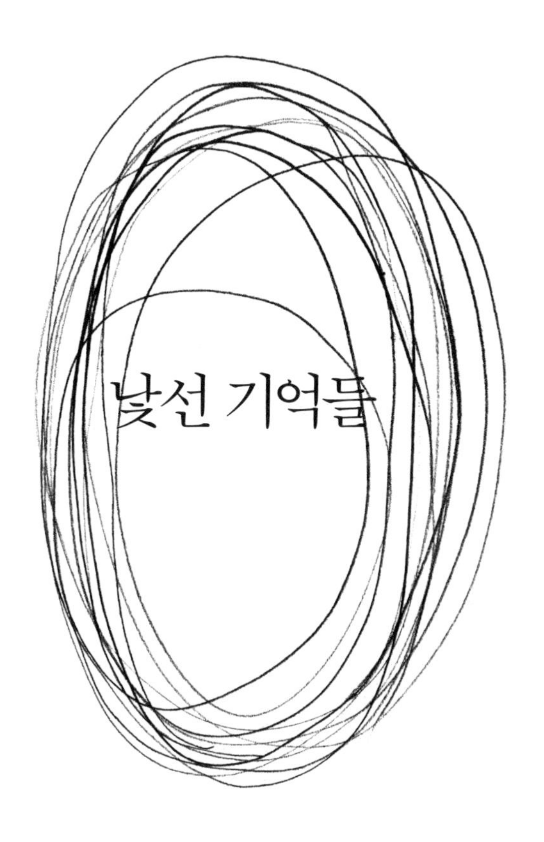

낯선 기억들

한겨레출판

차례

낯선 기억들

데드 레터스 혹은 두 목소리

낯선 기억들

1.

조용히 술 마시는 방

어느 젊은 검사가 세상을 버렸다. 이 소식은 듣는 사람을 슬프면서도 놀라게 한다. 남다른 미래를 보장하는 특별한 약속을 받았던 젊은이는 왜 세상을 버렸을까. 그는 몇 줄의 글을 유서로 남겼다. 업무가 너무 많았다고, 조직의 압력이 너무 무거웠다고 그는 적었다. 하지만 무엇보다 직속 상사의 무례한 행동들을 견디기가 힘들었다고 고백했다. 그 안에는 이런 고백도 있다. 어느 날에는 동료 검사의 결혼식이 있었고, 상사 검사는 그에게 '조용히 술 마실 수 있는 방'을 구해놓으라고 지시했고, 그는 수소문을 했지만 힘들다고 보고했고, 그는 야단을 맞았고, 그 야단은 이런 저런 방식으로 그 후에도 이어졌다고. 유서는 특별한 글이다. 살아서 쓰는 글들은 거짓말을 해도 유서 안에는 진실이 담겨 있다. 미래에의 끈을 놓을 때 삶은 더 이상 위장의 베일이 필요 없고 그래서 마지막 글 안에는 진실이 들어서기 때문이다. 젊은 검사의 유서 안에도 진실이 담겨 있다. 그런데 진실은 언제나 대문자가 아니라 소문자로 적힌다. 그래서 진실은 어쩌면 가장 사소한 문장 속에 암호처럼 들어 있기도 하다. 젊은 검사의 경우, 내게는 그 진실의 문장이 '조용히 술 마시는 방'이라는 사소하면서도 비밀스러운 한 구절로 여겨진다. 그런데 조용히 술 마시는 방은 어떤 방일까.

조용히 술 마시는 방에는 두 가지가 있다. 하나는 권력의 방이다. 권력은 조용히 술 마시기를 좋아한다. 이때 '조용히'는 은밀하게다. 은밀한 조용함은 그런데 조용하지 않다. 거기에는 누군가가 늘 더 있다. 그것이 또 다른 권력이든 그 권력이 필요한 자이든 또 권력의 피곤을 달래주는 누군가이든 그 방에는 혼자가 아니라 언제나 누군가가 무엇인가가 더 있다. '술' 또한 술이 아니라 다른 무엇들의 기호다. 그 기호의 손가락이 지시하는 내용은 타락한 권력이 안에 숨기고 있는 다양한 속살들이다. 그래서 술은 권력이기도 하고 돈이기도 하고 쾌락이기도 하다. 현진건의 소설

제목처럼 이 술들은 서로를 권하면서 세상을 '술 권하는 사회'로 만든다. '방' 또한 다만 방만이 아니다. 그 방은 은밀하지만 사실은 오염된 권력이 있는 곳에는 어디에나 있는 방, 권력이라는 시스템 자체다. 워낙 공고하고 치밀한 이 시스템은 외부만이 아니라 내부 안에서도 작동하는 자동기계와 같아서 이번 경우처럼 내부의 희생자를 만들어 내기도 한다. 그 방은 한 권력자의 밀실이나 특별한 권력 조직의 내부 공간만이 아니다. 그건 공공성을 위해 주어진 권력들이 사유화되고 그 정의롭지 못한 권력들이 횡행하는 구조에 대한 보편 명사다. 이 구조 안에서 희생자는 밖에도 있고 안에도 있다.

그런데 또 하나의 조용히 술 마시는 방이 있다. 그건 외로운 사람, 버려진 사람, 갈 곳 없는 사람들의 방이다. 그 방은 진공 속처럼 조용하다. 그 방에는 오로지 혼자만이 있기 때문이다. 그 방에는 한 잔의 술이 있다. 그 술은 혼자 마시는 외로움의 술이다. 그리고 그 방은 어쩌면 마침내 떠나야만 하는 방이다. 거기서는 살 수가 없기 때문이다. 그렇게 혼자만의 방에서 외로움을 마시다가 방을 떠난 사람들 중에는 시인 파울 첼란도 있다. 아우슈비츠라는 잔혹한 권력 기계의 세상에서 홀로 방을 지키던 그는 외로운 술 같은 몇 줄의 시를 남기고 자기의 조용한 방을 떠났다. 제목마저 없는 그 시의 도입부는 다음과 같다: "외로움과 와인 곁에서/두 기울음 곁에서 내 어깨도 기우네/그대는 듣는가 흰 눈발 속으로/저 먼 곳 노래 부르는 신이 있는 곳으로 내가 달려가는 소리를/세상의 울타리를 넘어서 달려가는/나의 마지막 걸음 소리를"○

승리자인 권력은 조용히 술 마시는 방을 나와서 더 높은 곳으로 올라간다. 희생자인 시인은 조용히 술 마시는 방을

○ 파울 첼란, 〈외로움과 와인 곁에서〉

나와서 더 낮은 곳으로 내려간다. 부장검사는 권력의 중앙으로 승진하고 시인은 밤의 센강으로 간다. 첼란은 1970년 늦은 봄의 어느 밤 홀로 와인을 마시다가 센강을 찾아가 몸을 던졌다. 하지만 조용히 술 마시는 방을 떠나 어느 다른 방으로 건너간 이들이 왜 아우슈비츠의 시인뿐일까. 그들 모두의 명복을 빈다. (2016. 7.)

2.

어떤 기품의 얼굴

교육부의 중요한 정책들을 담당한다는 어느 고위공무원이 망언을 했다. 신문에 실린 그 망언의 기사를 대충 복기하면 다음과 같다. 사람은 1%의 상류와 99%의 하류 민중으로 나뉜다는 것, 그 99%의 하류 민중은 개돼지와 같아서 밥만 먹여주면 된다는 것, 그 밥을 주기 위해서 세상은 자신과 자신의 자식들이 속하는 1%의 상류가 지배하는 신분 노예제가 되어야 한다는 것, 그 신분제는 이미 현실이고 그 현실은 지당한 것이어서 더욱 공고해져야 한다는 것 등등이 그 내용들이다. 많은 이들이 분노했다. 그에게 더는 밥을 먹여줘서는 안 된다는 파면 서명운동까지 진행되었고 결국 그는 파면되었다. 그런데 그렇게 일은 끝났어도 남는 게 있다. 그건 아직 끝나지 않은 사실들이다.

(망언의 불행은 그것이 사실이라는 것이다. 고위공무원은 실언이라고 변명하지만 누구나 알듯이 실언 속에서 진실은 제 얼굴을 들킨다. 그 진실은 망언이 개인의 목소리가 아니라 그가 속한 정권

의 목소리라는 것이다. 온전하게 진실만을 말하는 정권은 없겠지만 분명한 건 지난 정권과 오늘의 정권이 들어서면서 정치적 망언들의 횡행이 가관의 지경에 이르렀다는 사실이다. 공공연한 공약의 파기, 뻔뻔스러운 진실의 은폐, 제멋대로 주먹질하는 공권력 등등 민주주의와 법치주의라는 근대국가의 기본 이념들을 무시하고 훼손하는 작금의 행태들이 신분 상승의 편집증으로 병들어버린 한 가엾은 공무원의 망언과 무엇이 다른가. 망언은 끝났어도 망언의 불행한 진실은 여전히 진행형이다.)

그런데 또 하나 남는 게 있다. 그건 오래된 기억의 귀환이다. 철없고도 무례한 고위공무원의 망언은 나에게 두 가지 기억을 불러들인다. 하나는 어떤 사진 한 장에 대한 기억이다. 그건 미국의 사진작가 리처드 애버던이 찍은 흑인 노예 캐스비의 초상 사진이다. 사진의 프레임 안에 들어 있는 얼굴은 참혹하다. 그 얼굴은 더 이상 인간의 얼굴이 아니다. 검고 일그러지고 두려움과 슬픔으로 가득한 그 얼굴은 평생 가혹한 노동으로 시달린 당나귀 같기도 하고 두 눈만 빼꼼히 뚫린 마르고 거친 통나무 같기도 하고 심지어 땅 밑에서 올라온 죽은 자의 얼굴 같기도 하다. 그 얼굴은 정말 사람의 얼굴이 아니다. 그러면 이 얼굴은 누구의 얼굴일까. 애버던은 사진 밑에 '노예 캐스비'라고 캡션을 적었지만 사진 철학자이기도 했던 롤랑 바르트는 그 얼굴을 그렇게 부르지 않았다. 그는 그 얼굴을 노예주의 얼굴이라고 불렀다. 노예주는 다른 사람을 노예로 만드는 사람인데, 본래 사람은 무엇을 만들던 결국 자기 형상을 따라서 만드는 법이어서 결국 노예의 얼굴은 노예주의 얼굴이라는 것이다. 그에 따르면 다른 사람에게서 사람의 자격을 빼앗는 이들은 스스로 사람이 아니라는 걸 증명하는 자가당착의 논리가 성립된다. 비단 교육공무원만이 아니라 이런 자가당착의 얼굴들이 여기저기서 떠오르는 건 나만의 연상일까.

하지만 고위공무원의 자가당착적인 망언은 또 하나의 기억을 불러들인다. 그건 황석영 선생이 어른들을 위해 쓴 동화 모음집인 《모랫말 아이들》에 등장하는 사람들이다. 모랫말이라는 이야기 속 마을에 살고 있는 사람들은 모두가 가난하고 못 배운 사람들, 99%의 민중들이다. 하지만 그들은 모두 가난해도 개돼지가 아니라 사람들이다. 그들은 마음이 순박하고 폭력을 모르며 무엇보다 서로 친절하게 모여 살 줄 안다. 그런데 그런 민중의 얼굴은 나의 유년 안에도 있다. 우리 동네에도 거지처럼 가난한 한 남매가 있었는데 지금도 또렷한 건 그 누나의 얼굴이다. 내 친구였던 사내아이는 늘 주눅이 들고 때로 놀림감이 되곤 했지만 그때마다 동생을 구하러 달려 나오는 건 서너 살 위 누나였다. 그녀가 나타나면 우리는 모두 도망쳤다. 그녀가 사나워서가 아니라 너무 당당했기 때문이다. 그때는 몰랐지만 이제 나는 그 당당함의 다른 말이 기품이라는 걸 안다. 그 기품이 다름 아닌 사람이라는 존재의 기품이라는 것도 이제는 안다. 그런데 그 기품이라는 단어가 어쩐지 나를 몹시 불편하게 만든다.

브렉시트에 대한 국민투표가 한참 논란이었을 때 한 신문이 악명 높은 영국의 록 가수 노엘 갤러거에게 의견을 물었다. 그는 이렇게 대답했다. 그런 걸 왜 국민투표에 부치는 거야. 영국인 99%는 돼지 똥만큼이나 멍청한데…… 우리들 99%는 고위공무원의 망언에 분노했지만 갤러거라면 뭐라고 했을까. 99%의 한국인은 영국인 99%와 달라서 모두가 현명하고 떳떳하다고 했을까. 영국인 99%가 멍청이라면 우리는 그 멍청이로부터 얼마나 멀리 있을까. 고위공무원의 망언에는 분노하면서도 갤러거의 야유 앞에서는 괜스레 주눅이 드는 사람이 나뿐일까.

그래도 분명한 사실은 남는다. 그건 내 기억 속의 얼굴, 한 가난한 소녀가 단호하게 보여주었던 기품의 얼굴이다. 지금은 비록 잊었다 해도 그 얼굴이 사라져버린 건 아니다. 그 얼굴은 고위공무원의 망언도 갤러거의 야유도 지워버릴 수 없는 얼굴이다. 그 얼굴은 여전히 우리들 것이기 때문이다.(2016)

3 .

자이스의 베일

독일 고전주의 작가로 알려진 프리드리히 실러가 남긴 글들 중에 〈자이스의 베일〉이라는 시가 있다. 내용은 다음과 같다. 진리에 목말라하는 한 청년이 그 진리를 찾아서 이집트의 자이스 사원을 찾아갔다. 사원 안에는 아름다운 베일이 드리운 커다란 성상이 있었다. 사원을 지키는 사제가 말했다. 저 베일을 벗기면 큰 화를 당하게 될 것이오. 청년은 망설이다가 경고를 따라서 집으로 돌아왔다. 하지만 잠들지 못하다가 다시 사원을 찾아갔다. 그리고 성상의 베일을 벗겼다. 다음 날 아침 사제는 성상 앞에 쓰러져 숨져 있는 청년을 발견했다. 비슷한 얘기는 또 있다. 그건 아서왕의 원탁 기사인 랜슬롯의 일화다. 성배를 찾아다니던 그 역시 어느 사원에서 베일에 싸인 성배를 발견했다. 그는 베일을 벗겼지만 청년처럼 정신을 잃고 쓰러지고 말았다. 다행히 목숨을 건진 그는 성배를 거기에 놓아둔 채 성으로 돌아왔다. 짐작하겠지만 이 일화들은 모두가 하나의 분명한 주제를 담고 있다. 그건 절대적 진리를 탐하는 인간의 경박함과 오만함에 대한 경고다. 또 하나 분명한 건 금지의 베일에 싸인 그 진리는 어디까지나 형이상학적 진리, 종교와 철학적 진리라는 사실이다.

들추어보아서는 안 되는 베일이 종교와 철학의 세상에만 있는 건 아니다. 그 금지의 베일은 공정하지 않고 정의롭지 못한 현실의 세상 속에도 있다. 우선 선택되어 승리자가 된 이들 앞에 드리운 베일이 있다. 그마저도 공정하달 수 없는 경쟁을 거쳐서 선택된 이들, 승리한 이들은 자기들만의 세상을 만들고 그 앞에 베일을 친다. 그 베일 뒤에서 무슨 일들이 계획되고 만들어지며 어떤 삶들이 살아지는지 베일 밖의 사람들은 알지 못한다. 그 세상은 철저하게 차폐된 세상이며 그만한 자격이 검증되지 않으면 절대로 진입이 허락되지 않는 세상이기 때문이다. 아마도 그 베일 뒤의 세상은 권력과 돈, 혈연과 학연, 전관과 현관, 계보와 밀약의 세상, 그들만의 특권과 기득권들이 날실과 씨

줄이 되어 견고하게 직조되는 공조시스템이라는 짐작을 해보지만 그마저도 사실은 분명치 않을 수 있다. 그러한 정보와 풍문을 전해주는 언론들마저 그 시스템을 가리고 보호하는 베일의 무늬일 수 있기 때문이다.

하지만 또 하나 들추어볼 수 없는 베일이 있다. 그건 희생되어 내버려진 이들 앞에 내려진 베일이다. 선택된 이들의 베일 뒤에는 그들이 빼앗겨서는 안 되는 빛나는 것들로 충만하겠지만 버려진 이들의 베일 뒤에는 어둠뿐 빼앗길 만한 아무것도 없다. 하지만 바로 그렇기 때문에 그들 앞에 내려진 베일은 더더욱 열려서는 안 된다. 선택된 이들의 빛나는 특권들이 이 베일 뒤에 가득한 어둠을 담보로 하는 것이며 그 어둠이 은폐될 때에만 안전하게 지켜질 수 있는 것이기 때문이다. 그래서 누군가 이 어둠의 베일을 열고자 하는 이는 철저하게 응징을 당한다. 그 뼈아픈 증거가 베일을 열고 어둠의 심해를 다녀온 어느 잠수사의 죽음이다. 바닥까지 내려간 자만이 어둠의 진실을 건져 올 수 있지만 그는 다시 그 어둠의 바닥으로 추방되지 않으면 안 된다. 건져 온 진실 또한 다시 베일에 싸인다. 진실의 베일은 들추면 들출수록 더 두껍게 드리운다. 그것이 선택된 이들이 자신들의 빛나는 베일을 지키는 방식이다.

그런데 또 하나의 베일이 있다. 그건 앞서 지적했던 두 베일 사이에 내려진 베일이다. 이제는 그만 잊고 다시 저마다의 생활로 돌아가자고 말하는 평범한 삶, 버려진 이들의 베일 대신 선택된 이들의 베일 안으로 들어가기를 꿈꾸는 지극히 순박한 삶들 앞에 드리운 베일이다. 아무도 예외일 수 없고 벗어날 수 없는 이 무해하고 자연스러운 일상 앞에 드리운 베일은 어쩌면 가장 범속하고도 가벼운 베일이지만 동시에 가장 위험한 베일이기도 하다. 버려진 이들의 베일도 선택된 이들의 베일도 더는 들추어볼 수 없는 철벽의 커튼으로 만드는 것이 다름 아닌 이 일상의 베일일 수 있기 때문이다.

4.

사라지는 사람들

2주일에 한 번씩 지방 강의가 있어 남쪽으로 내려간다. 기차를 타기 전에 커피 한 잔 뽑아 들고 광장에 서 있으면 거의 매번 서성이던 이들이 다가와서 담배나 푼돈을 요구한다. 그중에서도 특별히 눈에 띄는 한 여자가 있었다. 그녀는 늘 분홍빛 보퉁이 하나를 가슴에 꽉 안고 광장을 배회했다. 말도 건네지 않고 달라는 것도 없이 묵묵히 우울한 얼굴로 사람들 사이를 뜻 없이 서성이기만 했다. 그런데 어느 날부터인가 그녀의 모습이 보이지 않았다. 잠깐 궁금했지만 곧 잊었다. 그렇게 나와 상관없는 것들은 저절로 기억에서 사라진다. 나에게 당장 중요치 않은 것들은 자동 기능처럼 삭제되어 까맣게 지워진다. 어쩌겠는가.

널리 알려진 프리모 레비의 《이것이 인간인가》는 그가 직접 겪었던 아우슈비츠 수용소에 대한 증언서이다. 끔찍한 증언들이 많지만 그중에는 지옥 속에서도 살아남으려는 사람들이 보여주는 생존의 몸부림에 대한 보고들도 있다.

어떤 이는 남다른 노동력으로, 어떤 이는 처세술이 뛰어나서, 어떤 이는 악독한 팀장이 되어 살아남는다. 레비 자신은 지식인이어서 살아남았다. 자기는 화학자였고 실험실 작업을 도울 수 있어서 살아남았다고 그는 고백한다. 그러나 그는 말한다. 그렇게 모두들 살기 위해 몸부림치는 사이에 또 누군가들은 소리 없이 사라져갔다고……

노숙자들이 어디론가 사라진다는 이야기는 새로운 비밀이 아니다. 광장과 지하도 안을 배회하던 누군가가 자고 나면 사라져 보이지 않는다. 그들은 집으로 돌아간 것이 아니다. 모르는 이를 따라가서 사라진다. 일종의 사람 거간꾼들에게 수집되어 재활용품처럼 정신 재활 병원으로 수용된다. 정신 재활 병원은 그들을 수용하고 건강보험공단으로부터 머리당 건강 급여금을 수금한다. 무산자의 육체인 그들의 몸이 거기에 있다는 단 하나의 이유로 매해 수억씩 돈을 가져다주고 그렇게 돈이 되는 한 그들은 거기서 나오지 못한다. 소위 정신 재활 병원은 주변부로 밀려난 이들이 재활과 사회 복귀의 권리를 다시 부여받는 치유 기관이 더는 아니다. 거기는 시장 사회 전체가 그렇게 기능하듯 누군가의 자본축적을 위해 불특정 다수들이 감금당하고 착취당하는 또 하나의 수용소일 뿐이다. 심지어 그곳에서는 감금된 이들이 안에서조차 소리 없이 사라지기도 한다. 아우슈비츠에서는 어느 날 사라진 이들이 어디로 갔는지를 누구나 알았다. 그러나 정신 재활 병원에서는 사라진 이들이 왜 어디로 사라졌는지를 아무도 모른다. 어쩌다 우연처럼 터지는 폭로들 덕분에 잠깐 실상이 드러나기도 하지만, 고발되었던 어느 기관은 이름을 바꾸어 지금도 수용소 장사를 한다고 어느 방송매체는 보도했다.

하지만 세상에서 아무도 모르게 사라지는 이들이 왜 정신질환자들과 노숙자들뿐일까. 어느 부랑인들은 감호소로 사라지고, 어느 탈북자들은 보호소로 사라지고, 어느 지적

장애인들은 엉뚱한 누명을 쓰고 감옥으로 사라지고, 수학여행 가던 아이들은 바다 밑으로 사라져서 지금도 돌아올 줄 모른다. 오늘도 무심히 해가 뜨고 지는 사이 또 누군가들이 그렇게 아무도 모르게 기척도 없이 어디론가 사라지고 있지 않을까.

그런데 소리 없이 사라지는 사람들이 있듯이 시끄럽게 나타나는 사람들도 있다. 일거에 큰돈을 벌어들인 전관들도 나타나고 최고 권력자의 어두운 총애를 받는 청와대의 일급 수석도 나타난다. 재벌의 총수도 음란 비디오 속으로 나타나고 집권당의 실세들도 휴대폰 녹취록 속에서 나타난다. 앞으로 더 많은 성공한 이들이 여기저기서 권력과 부의 메달을 걸고 또 나타날 것이고, 잠깐 세상에 얼굴을 들켰던 그들은 다시 성업 중인 재활 병원처럼 또 얼굴을 바꾸어 그들이 거주했던 곳으로 안전하게 귀환할 것이다. 그렇게 나타나는 그들과 자취 없이 사라지는 저들과의 사이에는 정녕 아무 관계가 없는 걸까. 노숙자 여인과의 사이에 이어진 모종의 인연을 아무래도 내가 부정할 수 없듯이 그들과 저들 사이에도 은밀하게 짜인 구조적 악연이 분명 존재할 것이다. 다만 묻지 않으므로 모를 뿐이고 모르는 사이에 또 누군가는 소리 없이 사라지고 있을 것이다. 그렇게 하나씩 사라지고 나면 마지막에 누가 남고 무엇이 남게 될까. 끔찍한 일이다.

5 .

외치는 침묵

정규직이 아닌 사람은 밤에 강의한다. 늦은 강의를 마치고 술이라도 한잔하면 막차를 타기 십상이다. 사슬처럼 이어진 하루와 또 하루의 경계를 건너가는 마지막 열차 안 풍경은 세상의 얼굴을 닮았다. 지치고 외롭고 무거워 보인다. 그런데 피곤과 무관심이 가득한 그 열차 안에서 때로 예기치 않은 사건이 일어나기도 한다. 어제도 막차 안에서 작은 사건 하나가 일어났다. 얼굴이 마르고, 옷이 허름하고, 가득 술에 취한 한 중년의 남자가 갑자기 고래고래 소리를 지르기 시작했다. 취기에 섞인 횡설수설이어서 정확히 알아들을 수 없는 그 남자의 외침은 그러나 아무런 소란도 일으키지 못했다. 졸던 사람도, 휴대폰을 보던 사람도, 이야기를 나누던 사람도 잠깐 멈추었다가 곧 하던 일로 돌아갔다. 무슨 일이 있었는데 아무 일도 일어나지 않은 열차는 밤 속을 달리며 어두운 내일의 경계를 건너가고……

큰 소리로 외치는 사람들이 있다. 세상에서 소란스러운 일들이 생길 때마다 등장해서 큰 목소리로 꾸중하고 가르치는 쓴 목소리들이 있다. 그 목소리들은 당당하게 일갈한다. 대통령도 일갈하고 국회의원도 일갈하고 신문과 방송도 일갈하고 교수도 성직자도 소설가도 일갈한다. 세상을 걱정하면서 이래서는 안 된다고, 이래야만 한다고, 세상을 꾸짖는다. 그렇게 세상은 또 잠깐 사건의 시끄러움과 일갈하는 목소리의 시끄러움으로 한동안 용광로처럼 들끓다가 굳어진 철물처럼 다시 완고한 침묵 속으로 되돌아간다. 그런데 이 큰 목소리들은 왜 그렇게 마음껏 커도 괜찮은 걸까. 그 일갈하는 목소리의 권위는 어디로부터 오는 것일까.

물론 거기에는 그만한 이유가 있을 것이다. 그 일갈의 권위는 권력으로부터 오기도 하고 돈으로부터 오기도 한다. 높은 지성으로부터, 인정받은 명예로부터, 베스트셀러의

판매 부수로부터 오기도 한다. 그때그때 사회적으로 합의된 가치와 평가들이 그들에게 마음껏 소리쳐도 되는 권위를 수여하고 그 권위에 정당성을 부여해준다. 그런데 이 권위의 정당성은 정말 정당한 걸까. 오래전 조세희의 수학 교사는 물었다. 두 아이가 똑같이 굴뚝 청소를 하고 나왔는데 한 아이의 얼굴은 검고 한 아이의 얼굴은 희다면 이것은 가능한가라고. 〈뫼비우스의 띠〉는 물론 그것이 왜 불가능한가를 서사로 이야기한다. 그런데 아도르노는 똑같은 질문 앞에서 답을 달리했다. 그 논리적 불가능성은 현실적으로 얼마든지 가능하다고 그는 말한다. 그러면서 그 가능성의 이유를 이렇게 설명한다: "세상이 온통 검은 잉크로 가득한 수조일 때 그 안에서 살면서 홀로 깨끗한 사람은 있을 수 없다. 그런데도 누군가가 그 안에서 깨끗하다면 그건 그가 남다른 능력을 지녔기 때문이다. 썩은 사과에서 아직 안 썩은 쪽만을 잘 골라서 먹는 능력이 바로 그것이다."

세상이 부패하는 사과라면 그 안에는 두 부류의 사람들이 있다. 하나는 썩은 쪽에서 사는 사람들이고 다른 하나는 안 썩은 쪽(아직 안 썩은 쪽)에서 사는 사람들이다. 사는 곳이 다르면 당연히 먹는 것도 달라진다. 하지만 사는 게 다른 그들의 차이는 다만 먹고 사는 과육의 질만이 아니다. 거기에는 목소리의 차이도 있다. 싱싱한 과육을 먹는 이들의 목소리가 건강하고 기름지고 크다면, 부실한 과육을 먹는 이들의 목소리는 거칠고 불편하고 힘이 없고 작다. 그런데 그들의 목소리가 정말 작고 힘이 없는 목소리일까. 그 목소리들도, 아니 그 목소리들이야말로, 세상을 향해서 외치는 큰 목소리가 아닐까. 분명 그럴 것이다. 하지만 누구나 알고 있다. 아무도 귀 기울여 들어주지 않을 때 아무리 큰 목소리도 가장 힘없고 낮은 목소리가 될 수밖에 없다는 걸. 진공 속에서는 아무리 큰 굉음도 안 들리는 침묵이 될 수밖에 없다는 걸.

막차 안에서 외치던 남자는 곧 조용히 입을 다물었다. 사람들이 비켜 간 한구석 자리에 등을 묻고 침묵 속에서 눈을 감았다. 하지만 그는 잠들지 않았을 것이다. 그는 침묵 속에서 더 크게 외치고 있을 것이다. 침묵이야말로 가장 큰 외침이라고 누군가는 말했다. 그 침묵의 외침은 누구에게 향하고 누가 들어야 하는 목소리일까. 마지막 열차 안에서 홀로 쟁쟁한 건 어둠 속을 질주하는 바퀴 소리뿐…… (2016. 9.)

6.

발터 베냐민의 군주론

오래전부터 토요일 아침마다 베냐민 원전 강독을 한다. 요즈음 읽어가는 텍스트는《독일 비애극의 원천》이고, 그중에서도 17세기 바로크 시대 절대군주를 다루는 군주론 부분이다. 몹시 난해한 텍스트이지만 그 핵심적인 질문은 이렇다: 무엇 때문에 절대왕정의 군주들은 결국 광기에 빠져서 궁정을 난장판으로 만드는 폭군이 되고 마는 걸까. 그 답을 대강 정리하면 다음과 같다.

오해된 권력

인간의 권력과 신의 권력은 다르다. 신의 권력은 절대적이지만 인간의 권력은 제한적이다. 그런데 절대군주는 이 둘을 하나로 생각하고 권력을 신처럼 휘두른다. 권력에 대한 무지에서 비롯하는 이런 오해의 권력은 정치적 광기를 부른다. 그런데 광기란 무엇인가. 그건 인간적으로나 시대적으로나 분명히 상궤를 벗어난 것인데 혼자서만 그것이 올바르고 정상적이라고 맹신하는 일종의 권력에 대한 신앙이다. 여기에서 정치와 종교는 구분되지 않는다.

정치적 무능력

군주가 광기에 빠지는 건 절대 권력과 정치 능력 사이의 간극 때문이다. 권력은 절대적인데 유감스럽게도 그걸 제대로 사용할 만한 능력이 군주에게는 없다. 그런 경우 군주의 권력은 공적인 영역에서 사적영역으로 건너가 사적 욕망을 실현하는 전횡의 도구가 된다. 그래서 어제의 군주는 아는 게 불도저 운전밖에 없어서 온 나라의 땅과 강을 뒤집어놓았고 또 어떤 군주는 시대를 착각하는 지극한 효심의 정치로 과거의 영들을 오늘의 세상으로 다시 불러들였다. 이 경우 권력은 정념과 뒤섞이고, 정치는 진혼의 제사가 되고, 덩달아 온 나라는 초혼제를 치르는 굿판이 된다.

군주의 멜랑콜리

무능력한 군주는 우울증에 빠진다. 군주의 우울증은 너무 큰 권력과 무능한 정치 능력 사이의 간극 때문이다. 프로이트는 우울증에 대한 두 가지 반응 방식을 구분했다. 애도와 멜랑콜리가 그것이다. 애도는 우울의 까닭을 이해하고 리비도 에너지를 다시 정상으로 돌리는 각성의 방식이다. 그러나 멜랑콜리는 각성 대신 우울 속으로 더 깊이 침강하는 일종의 심리적 고집이다. 자신의 실수와 문제를 인정하는 애도와 달리 멜랑콜리는 자신은 결백한데 외적인 이유들이 자신을 우울에 빠트렸다고 생각한다. 그래서 멜랑콜리커는 모든 잘못들을 외부의 탓으로 돌리고 더 고집스럽게 자신의 무죄성, 자신의 정당성 안으로 파고든다. 모든 이들이 적이 되고 모든 소리들이 소음이 된다. 멜랑콜리커는 광장을 버리고 점점 밀실로 은신한다. 멕시코 아즈텍 제국의 마지막 황제인 목테수마 2세도 그랬고, 국가와의 결혼을 선포했던 엘리자베스 여왕도 마지막에는 침실에서 나오지 않았다. 멜랑콜리는 자폐가 되고 자폐는 세계를 상실한다. 광장은 사라지고 밀실만이 남는다. 역사는 미래의 광장으로 열리는데 멜랑콜리는 자폐적 권력으로 퇴행한다. 정치는 시간이 정지된 진공이 되고 행해질수록 역사의 죄만 쌓여간다. 이 경우, 정치는 차라리 없는 게 더 낫다.

측근의 음모꾼들

어리석은 군주 곁에는 언제나 음모꾼들이 꼬인다. 이들의 음모는 전제 시대의 환관들처럼 어리석은 군주를 더 어리석게 만드는 것이다. 그래야만 군주는 눈먼 폭군이 되고, 절대 권력을 맹목적으로 휘두르고, 그 군주의 광기 뒤에서 자기들의 권력도 안전하기 때문이다. 어리석은 군주와 충성의 가면을 쓴 조신들의 관계는 사실상 곰과 주인의 관계와도 비슷하다. 곰이 권력의 재주를 부리는 사이에 음모꾼들은 주인처럼 돈을 거두어들인다. 예산을 떼어먹고, 지위를 팔아먹고, 주가를 조작하고, 뇌물을 받아먹고, 도당을 만들어 세력을 키운다. 그러면서 언젠가 군주가 권좌에서 물러나더라도 자기들의 권력은 무사 안전하도록 내일을 궁리하고 준비한다. 군주는 사라져도 조신들은 사라지지 않는다. 장기 집권은 왕이 아니라 조신들의 꿈이다. 새로운 정치를 원하는가. 그렇다면 어리석은 왕의 광기와 함께 타고난 기생적 존재인 조신들의 음모와 책략을 간파하라. 그것만이 멜랑콜리의 오래된 질병에 빠져 있는 정치와 국가를 치유하는 답이다.

7.

사체를 바라보는 법

얼마 전 사진 비평문 하나를 썼다. 어느 사진상을 받은 모 작가의 작품에 대해서였다. 그 사진의 오브제는 곰팡이다. 작가는 사람의 두상을 석고로 제작한 다음 그 위에 습지를 바르고 다양한 곰팡이균들을 배양해서 그 생태를 영상으로 포착했다. 워낙 독특한 이미지여서 글쓰기가 쉽지 않았다. 나름 고민을 많이 한 끝에 나는 죽은 것들을 응시하는 시선이라는 주제와 내용으로 긴 비평문을 쓸 수 있었다.

곰팡이의 생태적 속성은 크게 두 가지다. 우선 곰팡이는 무성생식을 한다. 다른 성을 필요로 하지 않는다. 혼자서 자기를 분열시키면서 더 많은 자기들만을 무한히 증식시킨다. 또 곰팡이는 스스로 광합성을 하지 못한다. 다른 유기체에 기생해서 그것의 습기와 유기 성분들을 자기의 영양분으로 바꾸어 살아간다. 그래서 곰팡이는 빛이 없고 습한 곳을 좋아하고 무엇보다 부식작용이 일어나는 사체들을 좋아한다. 물론 유용성을 기준으로 삼으면 모든 곰팡이가 사람에게 해로운 건 아니다. 건강 제일의 식품으로 알려진 다양한 발효식품들은 곰팡이의 생태가 없다면 누릴 수 없는 자연의 혜택이다.

그런데 인문학적 상상력을 동원해서 바라보면 곰팡이는 또 다른 점에서 매우 특별한 존재다. 특히 곰팡이의 시선이 그렇다. 곰팡이는 사체를 사체로만 보지 않는다. 우리는 이미 죽은 것이라고 규정하는 그것들을 여전히 살아있는 유기물로 보고 거기에 기생한다. 그런 점에서 곰팡이는 무생물들 안에서도 영혼을 읽고자 했던 태곳적 애니미즘의 시선을 닮았다. 하지만 곰팡이의 시선은 놀라워도 사실은 자기밖에 모르는 시선이다. 곰팡이는 사체에서 영양분을 발견하지만 그건 다만 자기를 유지하기 위해서일 뿐이기 때문이다.

그러나 죽은 것을 여전히 살아 있는 것으로 바라보는 시선은 곰팡이만의 것이 아니다. 그건 사람의 시선, 더 정확히 사랑하는 사람의 시선이기도 하다. 사랑하는 사람은 사랑의 대상을 잃었어도 사랑을 멈출 수 없다. 그것이 애도의 시선이다. 애도의 시선은 상실한 사랑의 대상을 살아 있는 사람으로 지속적으로 기억하고 보존하려고 한다. 그래도 애도는 언젠가 끝나야 한다. 생은 슬픔과 기억보다 엄중해서 또 다른 사랑을 요청하는 것이기 때문이다. 하지만 그 당연한 애도가 불가능한 경우도 있다. 그건 상실이 억울한 때이다. 그 사람의 죽음이 부당할 때이다. 그때 사랑은 멈출 수 없고 애도 또한 불가능해진다. 불가능한 애도는 상실당한 사랑의 대상을 여전히 살아 있는 것, 다시 살아나야 하는 것으로 중단 없이 응시한다. 사랑—그것은 사랑하는 사람의 억울한 죽음을 인정하지 않는 힘이다.

백남기 농민이 지난주 숨을 거뒀다. 370일 동안 코마 상태로 지내다가 마침내 의학적 사망선고를 받았다. 그의 육체는 세 단계를 거쳐서 사망의 육체가 되었다. 그는 처음에는 딸을 사랑하는 아버지, 땅을 사랑하는 농민, 의식이 깨어 있던 한 사인의 육체였다. 다음에 그는 거리에서 시민으로서의 권리를 요구하다가 물대포 직사라는 공권력의 폭력으로 아스팔트 바닥에 내팽개쳐진 공인의 육체였다. 그다음에 그는 두개골 파열로 의식을 빼앗긴 코마의 육체였다. 그리고 이제는 남겨진 시간을 다 보내고 텅 빈 사체가 되었다. 그런데 그를 사체로 만든 공권력이 다시 그의 주위로 몰려들었다. 그를 식물인간으로 만들었을 때처럼 다시 그의 육체를 거두어 가려고 했다. 부검이라는 사체 소유권 주장이 그것이다.

그리고 경찰과 검찰은 마침내 백남기 농민의 사체에 대한 부검 영장을 얻어냈다. 이들에게 백남기 농민의 사체는 과연 무엇일까. 그들은 분명 곰팡이의 시선을 닮았다. 그들에게 백남기 농민의 사체는 아직도 쓸모가 있는, 무언가 필요한 것을 얻어낼 수 있는 살아 있는 것이다. 그것은 도대체 무엇일까. 그러나 또 하나의 시선이 있다. 유족의 시선, 밤새워 함께 병원을 지키는 익명의 시선들이다. 그들의 눈에도 백남기 농민의 사체는 아직 죽은 것이 아니다. 그 사체는 살아 있고 또 반드시 밝혀져야 하고 지켜져야 하는 그 무엇이 그 안에 있다. 그것은 또 무엇일까. 하기야 이런 질문은 물을 필요도 없다. 곰팡이가 아니고서야 그걸 모르는 사람의 눈이 어디에 있을까. (2016. 10.)

8.

광화문의 밤 또는 풍경의 정치학

토머스 핀천의 《중력의 무지개》는 몹시 우울한 포스트모던 전쟁소설이다. 그 소설 안에서 세계는 지배권력의 음모로 가득하고 등장인물들은 그 음모의 거미줄에 매달린 거미들처럼 생존한다. 주인공 슬로스롭도 다르지 않아서 그는 권력과 음모의 세상 속에서 하루하루를 파블로프의 개처럼 살아간다. 그런데 어느 날 저녁, 술에 취해 거리로 나온 그는 돌연 행복의 충격에 휩싸인다. 눈앞에 가득 펼쳐진 장엄하고도 황홀한 일몰의 풍경 앞에서다. 소설은 그 행복의 충격을 이렇게 묘사한다: "장엄한 일몰의 풍경이 눈앞에 가득 펼쳐져 있었다. 그 풍경은 아직 이 세상이 자유롭고 인간의 눈이 순수했을 때, 어느 이름 모를 화가가 행복의 도취 속에서 그려놓은 거대한 풍경화 같았다. 저 멀리 드넓은 하늘에서 뜨겁게 타오르는 붉은빛, 세상의 어느 빛보다 순수한 노란빛들로 가득한 숭고하고도 아름다운 일몰의 풍경이 지금 이 폐허의 땅 위로 가득 밀려와 있었다." 그러자 슬로스롭은 자기도 모르게 물었다: "제국의 지배자들은 왜 서쪽으로 정복의 길을 떠나야만 했을까. 왜 그들은 기어코 서쪽으로 건너가서 저 아름다운 일몰을 더럽히고 짓밟지 않으면 안 되었을까."

토요일 저녁에는 또 광화문으로 나갔다. 눈이 녹아서 젖은 아스팔트 위로 어스름이 스미면서 사람들이 모여들었고 광화문으로 통하는 대로는 금방 촛불들로 가득해졌다. 한동안 따라 걷는데 길이 막혀서 더 갈 수가 없었다. 우회할까 망설이다가 이 촛불의 풍경을 한꺼번에 다 보고 싶었다. 주변의 높은 곳을 찾아가서 창가에 앉았다. 그리고 슬로스롭이 보았던 풍경을 나도 보았다. 광화문의 풍경은 거대한 일몰의 하늘이 땅으로 내려온 것 같았다. 그야말로 먼 기억 속의 자유로운 시절 어느 화가의 천진스러운 눈이 그려놓은 순수한 자연 풍경 같았다. 세상 어디에서도 볼 수 없었던 장엄한 붉은빛과 처녀의 황금빛들이 그 풍경을 가득 채우고 있었다. 게다가 그 풍경은 살아서 움직이고 있었고 안에서는 들리지 않아도 합창으로 노래를 부르고 있었다. 그러자 얼핏 알 수 있을 것 같았다. 왜 슬로스롭의 제국주의자들이 바다 건너 일몰의 풍경을 정복하려고 했는지를. 또 알 수 있을 것 같았다. 왜 내가, 나의 이름 모를 친구들이, 우리들이 광화문의 토요일 밤을 찾아오고 저마다의 촛불들을 모아서 거대한 빛의 거리 풍경을 만들고 있는지를……

부당한 권력들은 일몰의 풍경을 두려워한다. 그 풍경 안에서 그들은 다가오는 어두운 밤만을 보기 때문이다. 밤을 두려워하는 이들은 밤을 정복하고 없애려고 하지만 오히려 밤 안으로 숨어들어 밤의 식솔이 되고 나아가 제물이 된다. 그것이 두려움과 지배의 논리이고 제국주의의 자가당착이고 모든 어두운 권력들의 어리석음이다. 소위 문고리권력들과 환관 수석들의 가엾은 모습이고 민주정치의 아고라 대신 오컬티즘의 어두운 주술권 안으로 숨어든 대통령의 모습이다. 촛불과 합창의 옹벽 안에 갇혀서 홀로 침묵에 싸여 있는 저 건너의 어두운 청와대는 그 밤들의 복마전이다.

그러나 일몰의 풍경 앞에서 행복의 충격을 받는 이들이 있다. 그들은 그 안에서 밤이 아니라 다가오는 새벽을 본다. 구동독의 사회주의 작가였던 크리스타 볼프는 이렇게 말했다: "일몰도 새벽이다. 일몰은 빛들의 사라짐이 아니라 낮 동안 사물들 안에 갇혀 있던 빛들이 다시 세상으로 돌아오는 시간이다. 그래서 일몰은 새벽처럼 찬란하게 빛난다." 광화문 밤 광장의 촛불들도 다르지 않다. 그 소박하고도 뜨거운 빛들은 점화된 초의 심지가 밝히는 빛들이 아니다. 그건 촛불을 든 저마다의 몸 안에 숨겨져 있다가 세상으로 돌아오는 빛들이다. 이 빛들의 풍경이 광화문의 밤이고 그 풍경은 행복으로 충격한다.

행복은 늘 순간으로 끝나곤 한다. 하지만 어떤 행복은 오래 지속되어야 할 권리와 의무가 있다. 광화문의 촛불은 순간의 도취와 행복을 넘어서 부당한 모든 권력들을 적극적으로 미워하고 응징하는 정치적 인식으로 자리 잡아야 한다. 청와대의 복마전만이 아니라 사회와 일상 속, 나아가 분노하고 있는 우리들 자신의 마음속까지도 스며 있을 어두운 세력의 그림자들을 발본하는 빛으로 뿌리내려야 한다. 그 빛이 될 때만 광화문의 촛불은 누구도 자유롭지 못한 오래된 악들의 주술을 끊어내는 정치적 새벽의 풍경으로 우리를 오래 행복하게 충격할 것이다.(2016.12.)

9 .

헌혈의 시간

우리는 문명의 시대를 살고 있다. 문명은 자연과 역사의 관계다. 그 둘이 어떤 관계를 맺느냐에 따라서 문명은 야만이 되기도 하고 인간적인 것이 되기도 한다. 자연과 역사는 서로 다른 것이지만 사실은 동일한 생명현상이다. 그 둘은 모두가 핏줄이다. 자연과 역사가 핏줄이라는 건 그 둘이 모두 살아 있는 유기체라는 걸 말한다. 그런데 그 핏줄의 혈액은 엄중하게 다르다. 자연의 혈액은 맹목적으로 흐르지만 역사의 혈액은 합목적적으로 흐른다. 합목적적이란 그 목적이 특별한 누군가나 집단을 위한 이기적인 것이 아니라 모두에게 합당한 공리적 목적이라는 말이다. 그 합목적성이 공동체를 만들고 사회를 만든다. 그리고 가장 객관적이며 공리적인 주권적 제도가 성립되면 그것이 근대국가다. 국가는 제도지만 제도 이상의 것이다. 그것은 핏줄과 이성을 가진 살아 있는 유기체다. 우리는 모두 그 국가의 합목적적 생리와 이성을 믿었기에 그것을 삶의 광장으로 선택하고 그 광장이 모두를 위한 합리적이고 공리적인 광장이 되도록 애쓰고 또 애써왔다.

그런데 오늘 우리의 국가는 무엇이 되었나. 국가라고 믿었던 광장이 놀랍게도 야만과 광기의 굿판임이 밝혀졌다. 그것도 저잣거리의 민간 미신이 벌이는 사적 굿판이 아니라 국가 지도자가 주동이 되어 제도권의 무당들과 제도 밖의 무당들이 청와대라는 나라의 중심에 솟대를 꽂고 권력과 부패의 칼춤을 추었던 온 나라의 굿판이라는 사실이 밝혀졌다. 그 굿판이 이전의 부패들과는 본질적으로 다르게 곳곳에 은신한 야만의 핏줄들이 조직적으로 만들어낸 춤판이었다는 사실도 명백해졌다. 민주국가의 자존감을 바닥까지 욕보인 이 국가 대범죄의 굿판은 어떻게 가능했을까.

그 어두운 핏줄들의 굿판은 크게 세 개의 반민주적 핏줄들이 상호 기생하면서 조직적으로 기획해낸 국기 모독의 시스템이다. 역사는 앞으로 가는데 죽은 아버지로 되돌아가려는 맹목적 자연의 핏줄, 그 맹목적 핏줄에 기생하는 어두운 오컬티즘의 핏줄, 그 검은 심령주의에 기생하는 정치권력들의 음험하고 교활한 핏줄들이 서로 수혈되고 유착되는 무당 판이 작금의 현장이다. 이 핏줄들은 모두가 합목적적이며 민주적인 공동체에 기생해서 그 공리적 혈액을 보신과 이기를 위해 제 몸 안으로 흡혈하려 했던 반민주적인 핏줄들이다. 이 핏줄들의 혈압은 그사이에 높아질 대로 높아졌고 오랫동안 경화된 그 비대한 혈관들이 이제 내파되어 일어난 전신마비의 국가적 뇌졸중 상태가 지금 눈앞의 현실이다.

그러나 또 하나 짚고 넘어가야 할 것이 있다. 그건 핏줄들의 동맥경화는 비단 정치권력들의 병리적 현상만이 아니라는 사실이다. 돌아보면 오늘의 사회 영역들은 모두가 맹목적이고 이기적인 핏줄들의 경화증을 앓고 있다. 제 것도 아닌 자본을 자식들이 불법 상속으로 나누어 갖는 재벌들,

시장과 정치와 결탁해서 학문과 비판 정신의 전당을 시장주의와 순응주의의 온상으로 만드는 교육기관들, 시청률이라는 사이비 척도를 앞세우며 핏줄 막장 드라마와 이벤트성 뉴스들을 양산하는 방송사와 언론들, 미적 저항은커녕 국가보조금에 빌붙은 공공단체를 사조직화해서 경제적 성적 착취에 탐닉하는 문화예술 단체들, 오래된 과거와 사적 이해관계의 그림자 속에서 합목적적 역사의 궤도를 달려가려는 시대의 열차에 후진기어를 당기는 엘리트 그룹들, 나아가 맹목적 핏줄 이기주의를 자식과 가족에 대한 사랑과 애착으로 가장하는 자본주의 프티부르주아의 은밀한 욕망들이 그 맹목적이고 야만적인 핏줄의 얼굴들이다. 이 오래되고 낡은 핏줄들의 주술권으로부터 나와야 할 때다. 게다가 지금은 나와서 달려갈 곳이 눈앞에 열려 있다. 그것이 새로운 파토스의 혈액처럼 촛불들이 모여드는 시위의 거리와 광장이다.

핏줄은 소중하다. 그러나 맹목적으로 핏줄에 매일 때 핏줄은 인간적인 것이 아니라 야만이 된다. 그동안이 그 야만의 시대였다. 야만에게 빼앗겼던 핏줄의 권위를 지키면서 극복하는 또 하나의 핏줄이 필요하다. 부르지 않았어도 지금 거리로 모여 이어지는 민주의 촛불들이 그것이다. 이제 막 흐르기 시작한 이 파토스의 핏줄에 더 많은 혈액들이 필요하다. 아무리 많아도 충분치 않은 수혈, 지금 필요한 건 그 수혈을 위한 헌혈이다.(2016. 11.)

10.

멜랑콜리와 파토스

토요일 아침마다 발터 베냐민을 강독한다. 요즈음 함께 읽는 텍스트는《독일 비애극의 원천》이다. 독일 비애극은 17세기 바로크 시대 유럽 절대왕정을 소재로 하는 궁정극이다. 베냐민의 질문은 이렇다: 왜 절대왕정의 화려한 궁정은 마지막에 붕괴되어 폐허가 되고 마는가. 왜 절대국가의 절대 권력은 마지막에 어리석음과 광기에 빠져서 궁정과 국가를 파멸시키는가. 그에 대한 답변은 대강 이렇다. 우선 그건 군주가 멜랑콜리의 광기에 빠지기 때문이다. 군주의 광기는 크게 두 가지 원인 때문에 운명적이다. 하나는 권력에 대한 오해다. 본래 절대 권력은 신만의 것인데 군주는 그 권력을 오해하고 자기를 신으로 착각한다. 그 오해와 착각이 국가 이성을 종교적 정념과 뒤섞이게 만든다. 또 하나는 군주의 무능력이다. 권력은 절대적인데 정치와 종교를 구분하지 못하는 군주는 어리석다. 그 간극이 군주를 멜랑콜리에 빠지게 하고 모든 우울증의 증상이 그렇듯 자기만의 폐쇄적 세계 안으로 숨어들게 만든다. 정치는 광장에서 내실로 바뀌고, 그 은밀한 내실은 정치와 역사의 공간이 아니라 철저히 사적인 세계, 자폐 권력의 공간으로 전락한다.

그런데 그 자폐 권력의 궁정 안에는 어리석은 군주만이 살고 있는 게 아니다. 그 안에는 어리석은 권력에 기생하는 조신들이 함께 거주한다. 기생 조신들은 모두가 음모꾼들이다. 이들의 음모는 전제 시대의 환관들처럼 어리석은 군주를 더 어리석게 만드는 것이다. 그래야만 군주는 더욱 더 어리석음의 멜랑콜리에 빠지고 그 멜랑콜리 뒤에서 자기들의 권력을 구축하고 확장시킬 수 있기 때문이다. 언젠가 군주가 권좌에서 물러나더라도 자기들의 권력은 무사 안전하도록 내일을 궁리하고 준비하는 게 그들의 직업이다. 군주는 사라져도 조신들은 사라지지 않는다. 영구 집권은 왕이 아니라 조신들의 꿈이다.

민주공화국이라고 믿었던 이 나라가 사실은 바로크 시대의 궁정임이 밝혀졌다. 권력과 종교, 공공성과 사조직, 비합리성과 오컬티즘, 군주의 어리석음과 기생 조신들의 음모들이 마구 뒤엉킨 광기의 공간임이 드러났다. 이제 문이 열린 광기의 공간에서 무슨 일들이 벌어질 것인가. 또 다른 광기들의 약탈인가 아니면 정치적 각성의 파토스인가.

오래된 권력들의 전략이 다시 구사될 것이다. 정치권만이 아니라 그동안 경제, 언론, 문화 등등의 사회 전반에서 군주의 어리석음을 착취했던 기생 권력들은 두 가지 행태를 보일 것이다. 하나는 기생 숙주를 떠날 것이다. 저마다의 보신을 위해서 재빨리 진영에서 빠지거나 비판 진영으로 가세할 것이다. 또 하나는 새로운 전선을 형성할 것이다. 검찰 수사에 기대거나 개헌 논의에 기대면서 붕괴하는 궁정을 방어하고 그 위에 새로운 권위의 베일을 입히려할 것이다. 어느 쪽이든 그것은 동일한 행태, 이전의 권력을 유지하고 지속시키려는 현상 유지의 전략들일 뿐이다. 하지만 그러한 현상 유지의 전략이 그들만의 것은 아니다. 그건 동시에 야당 혹은 비판 세력 진영들의 전략이기도 하다. 그 일반적 징후들이 소위 정치적 합리성을 내세우는 현실론들이다. 비상사태를 중단시키는 탄핵과 하야를 말하는 대신, 국정 공백론을 앞세우고, 탄핵의 정족수는 실제로 불가능하며 진영 구성상 헌재의 판결도 기대할 수 없다는 현실론을 앞세우는 정치 논리적 계산들이 그것들이다. 이 꼼꼼한 계산들은 개혁을 두려워하는 정치적 멜랑콜리다. 이 합리적 멜랑콜리가 또 하나의 보신 권력의 꼼수라는 건, 서민들과 합세했던 부르주아 권력들이 결국 구권력과 결탁했던 프랑스의 1848년이 역사적으로 보여준다.

지금 절실한 건 현실주의적 합리성을 앞세우는 멜랑콜리가 아니라 정치적 파토스다. 연속적 현실 유지가 아니라 총체적 변혁의 불연속성을 도래시키는 일이다. 방향을 탐색하는 일이 아니라 브레이크를 밟는 일이 필요하다. 심정적 동정론, 합리적 현실론, 점차적 발전론이 아니라 사안의 명백함을 직시하고 그 사안의 당위적 요청에 응답하는 냉철한 파토스만이 오늘의 비정상상태를 정상상태로 되돌리는 유일한 선택이다. 아니면, 일찍이 베냐민이 우려했듯, 적들의 권력은 또 한번 승리를 거둘 것이다.

11.

예민하게 두리번거리기

자고 일어나니 갑자기 목이 아프다. 상하좌우 마음대로 고개를 가눌 수가 없다. 정형외과에 갔다. 의사는 직업이 뭐냐고 묻는다. 책 보는 일이 직업이라고 말했더니 그런 줄 알았다는 듯 웃고 나서 처방전과 함께 충고도 준다. 인체 중에서도 목은 가장 약한 부분이라는 것이다. 그에 비해 머리는 너무 무거워서 목뼈는 늘 지나친 하중을 받는다는 것이다. 그래서 사람은 본래 고개를 바로 들고 눈앞과 좌우를 둘러보며 지내야 하는데 현대인들은 늘 고개를 꺾고 몰두하면서 살도록 되어서 죄 없는 목이 고통과 수난을 당한다는 것이다. 그러니 목을 숙인 채 너무 오래 있지 말고 자주 고개를 바로 들어 주변을 두리번거려야 한다는 것이다.

돌이켜보니 정말 근자에 목뼈를 너무 혹사했다. 먹고살아야 해서 목을 꺾고 책 보는 일이야 어쩔 수 없지만 그 때문만은 아니다. 어지러운 시국 탓에 눈을 바닥으로 떨구고

로댕 조각품의 흉내를 내었던 일도 많았겠지만 그 때문만도 아니다. 정작의 이유는 때만 되면 들여다보곤 했던 매체 공간들 때문이다. 국가 대범죄의 시국이 막을 열던 때부터 탄핵과 조기 대선으로 커튼이 내려지는 지금까지 매체들 안에서는 갖가지 정치 수다의 잔치가 갈수록 가관으로 펼쳐진다. 티브이, 신문, SNS를 막론하고 소위 정치 논객, 법 전문가, 문화비평가, 심리학자, 방송인, 심지어 정치와 종교의 경계를 밀입국자처럼 넘나드는 성직자 등등의 사람들이 둘러앉아서 시국 분석과 시국담에 열을 올린다. 짐짓 진지하지만 사실은 풍문과 선정에 열광하는 정치 잡설의 난장은 멈출 줄 모른다. 더욱 볼썽사나운 건 그 안에는 얼마 전까지만 해도 구권력을 방어하고 옹위하던 이들, 그 덕으로 한자리를 누렸던 이들, 정치 현실에 나 몰라라 눈감은 덕에 부패한 정세로부터 사적이익의 추수를 거두었던 이들도 어느 사이 명패와 얼굴을 바꾸고 버젓이 섞여 있다는 사실이다. 하여간 그동안 그런 저잣거리의 객설과 농담들에 너무 관심이 많았다. 너무 자주 오래 목을 꺾고 화면과 액정판을 들여다보았다. 이제는 목뼈가 고통을 못 이겨 호소한다. 그만하라고, 이제 그만하고 고개를 들어 세상을 두리번거리라고……

고개를 바로 들고 두리번거리면 보이는 게 참 많다. 깨끗한 아침 하늘도 보이고 공원 산책로의 싹 트는 풀들도 보이고 노란 유치원 버스와 해맑게 웃으며 손 흔드는 아이들의 얼굴도 보인다. 그러나 슬프고 아픈 것들도 보인다. ㄱ자로 허리가 굽은 우리 동네 노파는 오늘도 아침부터 폐지를 수집하고, 늦은 밤 전철역 노변에 통닭구이 푸드트럭을 세워놓은 아저씨는 오늘도 막막하게 손님을 기다리고, 어젯밤 종강 뒤에 함께 술 마시던 청년은 취기에 젖은 목소리로 애써 숨겼던 불안과 우울을 고백한다. 그뿐만 아니라 목전의 것들을 넘어서 벌써 잊혀가는 얼마 전 과거의 얼굴들도 보인다. 깊은 바다에 가라앉아서 아직도 돌아오지 못하는 아이들도 보이고, 아이들을 구하려다 아이들이 있는 곳으로 침몰해버린 어느 잠수사도 보이고, 물대포 공권력의 폭력으로 두개골이 파열되어 조용한 노년의 삶을 빼앗긴 어느 늙은 농부의 얼굴도 보인다. 더 멀리 눈을 들어 두리번거리면 심지어 오래고도 오래된 과거의 사람들도 보인다. 이름도 얼굴도 모르지만 오늘과 마찬가지로 부당한 권력, 음험한 음모, 무자비한 폭력의 희생자가 되어 망각의 강 저편으로 떠내려가버린 수많은 익명의 얼굴들도 보인다.

고개를 바로 들고 욕스러운 시국의 곳곳을 두리번거리는 일이 필요하겠다. 그러면 이제 무엇을 기억하고 실천해야 하는지도 또렷해진다. 그건 대통령을 탄핵하고 서둘러 새 대통령을 빈 의자에 앉히는 일만은 아니다. 국가 대범죄의 도당들에게 마땅한 형을 치르게 하고 다시는 공권력의 누수가 없도록 제도를 수선하는 일만도 아니다. 더 중요한 건 지금 여기의 현장을 넘어서 그때 거기의 먼 과거까지 정치사회적 범죄의 수많았던 희생자들을 기억하는 일이다. 지나갔다고 없어지는 건 아니다. 정치적 현장이 지금 여기에만 국한되는 것은 아니다.

광장은 승리했지만 그 광장의 정당한 주인은 아직 거기에 입주하지 않았는지 모른다. 새로운 시국은 열렸지만 그 시국을 변혁으로 밀고 나갈 정치적 주체는 아직 제 얼굴을 찾지 못했는지 모른다. 목전의 목표 달성과 미래의 전망에만 초점을 맞추는 안목만으로는 부족하다. 지난날의 희생들을 잊지 않고 기억하는 정치적 먼 시선의 주체가 필요하다. 그리고 그 주체는 고개를 바로 세우고 세상과 역사의 먼 곳까지 예민하게 두리번거리는 주체이기도 할 것이다.

12.

복제인간

밤에 놀이터로 나갔다. 모기에 뜯기면서 생각했다: 베냐민은 왜 베를린의 유년 시절을 썼을까? 집에 돌아와서 베른트 비테가 쓴 그의 전기를 읽었다.《역사철학 테제》에 관한 부분에 이런 말이 있었다: "역사가 패배할 때 개인도 패배한다." 그 뒤에 유명한 카프카의 인용문: "이 세상은 희망으로 가득하다. 다만 그 희망이 우리들을 위한 것이 아닐 따름이다." 잠자리에서 두 문장의 관계를 곰곰 생각. 문득 두 문장을 매듭짓는 키워드는 '기술 재생산'이라는 단어처럼 여겨졌다. 기술 재생산이란 베냐민에게 두 가지 의미를 내포한다. 하나는 개체가 대량생산 기술에 의해서 끝없이 수량화된다는 것이다. 그 결과 개성으로 변별되는 개체는 소멸하고 공산품과 같은 동상 다수형 인간들만이 남는다. 둘째는 이러한 인간 재생산을 가능하게 하는 테크닉의 의미. 개체의 가능성은 개체가 소멸한다고 사라지는 것이 아니라 기계 속으로 이행한다. 그 결과 개체는 소멸하고 죽은 자들처럼 기계가 부활한다. 그러나 베냐민의 유물론적 메

시아주의: 이 기계의 부활 속에 새로운 개체의 탄생에 대한 희망이 내재한다. 하지만 이 천년왕국에의 희망은 오늘날에도 여전히 희망인가? 분명히 이 시대는 테크닉에 의해 새로운 인간형이 부단히 제조 생산되는 시대다. 그러나 이 새로운 인간은 과연 새로운 개체들인가? 아니면 그야말로 '복제인간'들인가? ……비로소 왜 조금 전 모기에 뜯기면서 베냐민이 생의 마지막 고비에 유년을 되돌아보았던가, 느닷없이 물었던 까닭이 자명해졌다. 이 세상에서 사는 한 나도 끊임없이 복제인간이 되어간다. 그 사실이 나는 못 견디게 무섭다. 무섭지만 피할 길이 없다. 그러나 나는 저항한다. 하지만 어떻게? '역사가 패배할 때 개인도 패배한다'—도피적인 자기주장을 그만두고 나도 이제는 이 사실부터 인정해야 하는 것일까? (2000. 6.)

13.

강요된 성형수술

유학 시절 독일에서 보았던 TV 드라마가 하나 있었다. 젊은 여자가 주인공인데 그녀는 출세를 꿈꾸는 TV 탤런트다. 어느 날 그녀는 애인인 PD로부터 제안을 받는다. 매우 중요한 드라마의 주인공으로 선발하겠다는 것이다. 그러나 조건이 하나 있다. 그녀의 인상이 드라마의 주인공과는 어울리지 않으니 약간의 성형수술을 받아야 한다는 것이다. 그녀는 처음에는 아무렇지도 않게 생각했지만 수술 날짜가 다가올수록 고민에 빠진다. 출세냐 타고난 얼굴이냐, 이름하여 정체성의 문제가 요컨대 이 드라마의 테마였다.

성형수술은 이미 오래전부터 있어온 현상이다. 그러나 그것이 급진화되고 일반화 일방화되어 소위 성형중독증이라는 현상으로까지 확대 첨예화된 것은 요즈음의 일이다. 많은 이들이 이 현상을 정체성의 상실이라는 이름으로 진단한다. 누구나 동의할 수 있는 예비된 진단이다. 그러나 이렇게 되면 마치 정체성의 상실이라는 현상이 오로지 자아를 성숙시키지 못하는 일부 개인들의 자기 실책의 소치로만 단정되기 쉽다. 그러나 그럴까?

성형중독증과 정체성의 상실이라는 관계 항은 여러 가지 측면에서 고찰될 필요가 있다. 우선 고도의 기술화에 힘입은 대중문화의 확산에서 그 관계를 진단할 수 있다. 미국의 한 대중 철학자는 이 시대를 “눈의 폭발”이라는 이름으로 명명한 바 있었다. 문화가 시각문화로 일방화되면서 인간의 감각기관들이 눈으로 흡입되는 시각의 일방화 현상이 필연적이 되고 그 결과 외부 세계와의 소통 관계는 오로지 시각적 판단에 의해서만 결정되는 감각의 독재 현상이 일어나게 되었다는 것이다. 요컨대 정체성이 외부 세계와의 소통에 의해서 구성되는 것이라면 시각 일방화의 문화 속에서 정체성은 오로지 눈의 독재 밑에서 형성된다는 것이다. 그러나 이 경우 정체성이 구축될 수 없는 것은 시각적 대상들이 급격하게 변화면서 시각에 정체성 형성의 시간적 의식적 여유를 더 이상 허용하지 않으며 그 결과

눈은 오로지 외부 현상에 대해서 소통 관계가 아니라 추종 관계로 반응하기에 이른다는 것이다. 이 경우 일방적인 반응은 기계적인 것이어서 자아 정체성과는 정반대의 개념일 뿐이다. 위의 이론가에 따르면 이 시대 인간의 눈은 즐거움에서 비명으로 그리고 마침내 폭발하게 되는데 이 폭발이라는 메타포가 지시하고자 하는 건 더 말할 것도 없이 정체성의 폭발, 개인의 와해를 의미하는 것이다.

그러나 요즈음 병리적 사회현상이 되는 성형중독증을 이런 문화 일반적인 현상으로만 볼 수는 없다. 보다 한국 사회 비판적으로 접근할 때 우선 이 현상에서 주목되는 건 성형중독증 환자들이 강남이라는 이 나라 부의 집적 공간에 거주하는 일군의 집단 현상이라는 것이다. 기득층 내지 부유층 사이에서 특히 나타나는 현상이라는 사실에서 이 강남 지역의 병리 현상을 '유한계급화한 부유층의 수전노 강박증'이라는 이름으로 평가할 수 있다고 생각한다. 시장의 불투명성, 불공정성, 불합리성, 기회 결정성, 우연 지배성 등 미개한 시장경제의 틈새 전략을 통해서 부를 축적한 일군의 부유층들에게 요컨대 노블레스오블리주라는 부자의 미덕을 기대할 수는 없는 일이다. 정당한 경쟁, 공정한 시장 질서를 통해서 획득되지 못한 부는 언제나 개인의 이기적 부 의식과 착종된다. 이기적 부 의식은 부의 사회적 기능에 대해서는 맹목적이어서 오로지 부를 자신에게만 재투자할 수 있을 뿐이다. 이러한 부의 이기성이 대중문화적으로 규격화되어 양산되는 미에의 맹목성과 결합할 때 일어나는 여러 가지 병리적 현상들은 익히 알려져 있다. 성형중독증의 경우 그 병리성이 오로지 자신을 위해서만 재투자되는 방향 상실성 화폐의 칼날이 자신의 얼굴을 조각하는 아름다움이라는 이름의 자해 현상으로 나타날 뿐이다.

그러나 성형수술이라는 병리 현상이 반드시 유한계급층

의 병리 현상만은 아니다. 그것이 사회현상인 이유는 그것이 일개 집단의 소속성을 떠나서 사회 구성원 전체의 행동과 관여되기 때문이다. 성형중독증이 자발적 중독증이라면 그와는 달리 강요되는 성형수술도 있다. 이 강요되는 수술은 개인의 자아 정체성 상실이라는 자기 무지의 소치로 돌릴 수만은 없다. (2001. 4.)

14.

어느 후배의 투병

지난주 오랜 동안 투병을 하고 있는 후배의 병문안을 다녀왔다. 근자에 더 병세가 나빠졌다는 소식을 들어서다. 그런데 지금은 병원마저 떠나서 집에 머무는 그의 얼굴과 태도는 내내 편안하고 밝았다. 오래전 유학 중에 알게 된 그는 늘 그렇게 밝고 다정한 사람이었다. 그는 사실 여러 가지로 어려운 삶의 길을 걸어온 사람이었다. 유학 중에도 남달리 생활이 어려워서 온갖 허드렛일들로 생활과 공부를 감당하던 모습이 지금도 눈에 선하다. 다행히 몸이 남달리 건강해서 많은 어려움들을 거뜬히 치러내곤 했지만. 그런데 다시 생각해보니 그의 특별한 성품은 튼튼한 몸이 아니라 또 다른 힘 때문이라는 걸 병과 싸우는 모습을 보면서 알게 되었다. 그건 그의 성실함과 온화함이다. 그는 많은 어려움 앞에서도 늘 주어진 생활에 성실했고 불만 대신 친절함으로 힘들게 다가오는 다반사들을 처리하곤 했다. 그리고 지금 투병의 위기 앞에서 이전의 건강한 몸을 잃었지만 그런 그의 인격은 여전해서 많이 놀라웠다.

다녀온 뒤에는 생각이 많아졌다. 사람이 한생을 지나가는 일, 태어나 살고 죽는 일은 뭘까, 라는 속 깊은 질문도 더 무게를 얻고 진지해졌다. 흔히 항간에서는 이렇게 회자되곤 한다. 사람은 한생을 살다가 떠날 때 빈손으로 가기 마련이라고. 그러니 애써 욕심에 시달리지 말라는 뜻이겠지만 과연 그러할까. 사람이 정말 그렇게 덧없는 소멸의 존재일 뿐일까. 사람의 한생이 몸과 혼으로 지어졌다면, 그 생이 마감될 때 몸도 혼도 다 빈 것이 되어 아무것도 남지 않는 것일까. 나 역시 그런 줄 알았지만 후배를 보니 아니라는 생각이 든다.

한 사람의 몸은 타고 나와 소멸되는 것이기도 하지만 살면서 지어지는 것일 수도 있다. 혼 또한 태어날 때 받아서 오는 것이 아니라 사는 동안 길러지는 것일 수도 있다. 그럴 경우 한생을 사는 건 자기의 몸과 혼을 만들어 완성하는 일이고 그렇게 생을 통해서 지어진 몸과 혼을 합해서 우리는 그 사람의 인생이라고 부르는 건지 모른다. 그리고 때가 되어 생을 떠날 때 우리는 빈손으로 가는 게 아니라 그렇게 만든 저마다의 인생을 봇짐으로 들고 떠나는 것인지도 모른다. 약속된 땅이야 있건 없건 별 무관일 것이다. 중요한 건 그런 보상으로 교환될 수 없도록 귀중한 것, 한 사람이 평생을 지어 만들어 갖게 되는 저만의 인생일 테니까.

시국이 흉흉하다. 물론 그 흉흉함은 지금 사회의 모든 공적 영역들이 드러내는 뿌리 깊은 부패의 치부들 때문이다. 그 적폐들을 이번에는 잘라내고 고치겠다며 저마다 명함을 내밀면서 앞으로의 정세를 정략적으로 저울질하는 이들의 제스처도 의심스러운 건 마찬가지다. 그런데 눈을 조금 더 깊게 해서 바라보면 흉흉한 시대의 까닭은 더 본질적인 곳에 있는 것 같다. 그건 되어가는 시대와 세상이 한 사람의 삶을, 자기 몫의 인생을 만들고 지켜가는 당연한 일을 점점 더 어렵게 만들고 있다는 사실이다. 그런 세상의 틈새를 엿보며 권력에 기생했던 이들의 삶이 결국 어떤 모습으로 일그러질 수밖에 없는가를 표본으로 보여주는 사례가 지금 줄지어 푸른 수용복을 입고 있는 특권적 사람들의 몰골일 것이다. 공공성이 아니라 사적 보신의 도구로 전락한 특권들이 어떻게 부메랑의 칼날이 되어 그들의 삶에 복수하는지를 보는 일은 오래된 종양으로 가득한 세상의 속살을 목격하는 것 같아 두렵기도 하다. 그들의 불행은 누리던 특권을 잃었다는 것이 아니라 그들이 떠나야 할 때 그야말로 아무것도 가져갈 것이 없는 가엾은 삶을 살았다는 것이리라. 그에 비하면 투병 중인 후배의 모습은 더욱 소중해 보인다. 힘든 병중에서도 여전히 정직함과 온화함을 지키는 그의 모습은 비록 위기에 처했지만 지니고 가게 될 인생이라는 봇짐을 더 성실하게 마련하려는 노력처럼 보이기 때문이다.

'잘 웃던 그녀가 세상에 없으니, 이 세상도 조금은 더 쓸쓸해질 거야'—일본의 어느 시인은 사랑하는 여인을 잃은 뒤에 이런 시 한 줄을 남겼다고 한다. 살 만하지 못한 세상에서 산다는 건 긴 투병 생활을 하는 건지 모른다. 생의 위기 앞에서도 평소의 정직하고 온화한 모습을 잃지 않는 후배는 그 투병이 무엇이며 어떤 모습이어야 하는지를 보여준다. 그래서인가, 내게는 그가 사랑하는 여인처럼 소중하게 여겨진다. 하지만 왜 그만일까. 흉흉한 세상 속에서도 제 몫의 인생을 묵묵히 만들어가는 이들은 어디에나 있을 것이다. 그런데도 여전히 세상이 흉흉하다면 그건 아마도 우리가 그 얼굴들을 나날이 잊어가기 때문인지도 모르겠다. (2017. 1.)

15.

세월호와 사자 꿈

쿠바의 늙은 어부가 있다. 그의 이름은 산티아고다. 그는 세 달째 한 마리의 고기도 잡지 못하고 있다. 사람들은 그를 '살라오(최악의 불운)'라고 부르면서 측은해한다. 그래도 그는 포기하지 않고 더 먼 바다로 나가서 마침내 커다란 청새치를 잡는다. 하지만 집으로 오는 길에 피 냄새를 맡고 몰려든 상어 떼에게 고기를 모두 뜯기고, 거대하고 앙상한 뼈만 끌고 돌아온다. 헤밍웨이의 대표작으로 노벨상을 받기도 했던 해양소설《노인과 바다》의 대강 줄거리다.

세월호가 3년 만에 인양되었다. 심해에서 끌려 나와 선창 위에 모로 누운 거대한 배는 쇳덩이들을 용접한 선체가 아니라 생물체처럼 보인다. 살아 있었지만 살점을 상어 떼에게 다 뜯기고 골격만 남은 산티아고 노인의 청새치를 꼭 닮았다. 3년 전 봄 수학여행으로 들뜬 아이들을 가득 싣고 넓고 푸른 바다를 건너던 흔적들은 하나도 없다. 선명했던 도색의 빛들은 다 지워지고 튼튼하고 강건하게 배를 세워주었던 골조들은 다 부식되었다. 곳곳에 검은 구멍들이 뚫리고 배 속도 내장을 들어낸 것처럼 텅 비어 펄만 가득하다. 서로 웃고 떠들며 사진을 찍고 랩송을 불러서 쇳덩어리 배를 즐거운 생물체로 만들었던 아이들은 물론 어디에도 없다.

고기 뼈와 함께 새벽에 홀로 도착한 산티아고 노인은 지친 몸을 끌고 오두막으로 올라간다. 신문지를 얼굴에 덮고 깊은 잠에 빠진다. 그사이에 아침이 오고 사람들이 거대한 물고기 뼈 주변으로 몰려든다. 모두들 놀라면서 크기를 재어보고 노인을 가엾어한다. 그중에는 마침 그곳을 방문한 관광객들도 있다. 한 여인이 경탄을 금치 못하면서 말한다. 저렇게 큰 고기도 있나요? 아, 정말 살았을 때 보았으면 얼마나 멋졌을까. 그러게 말이야, 그녀의 남편이 고개를 주억이며 대답한다. 그때 '동풍이 해변으로 커다란 파도를 밀어 보내 꼬리가 흔들렸다'.

끌려 나온 세월호 주변으로 애도의 물결이 밀려들고 있다. 출입을 통제하는 철망 벽에는 노란 하트 리본들이 봄날의 잎들처럼 생생하고 무성하게 날린다. 거기에 가지 못한 어떤 이들은 리본을 매달듯이 저마다 해야 할 일을 공들여 하고 있다. 누군가는 그림을 그리고 누군가는 꼼꼼히 기록을 한다. 누군가는 방송을 하고 칼럼을 쓰고 정성 들여 책을 쓰기도 한다. 또 누군가는 영화를 구상하며 시나리오를 준비하고 있을 것이다. 하는 일은 능력에 따라서 저마다 다르겠지만 모두가 분하고 안타깝고 아픈 마음들, 애도의 마음들인 건 똑같을 것이다.

해변에 버려진 고기의 잔해 앞에서 사람들이 놀라고 아쉬워하는 동안 산티아고 노인은 오두막 침대에서 깊은 잠을 잔다. 그리고 그 잠 속에서 꿈 하나를 꾼다. 그건 어디선가 나타나 황금빛 갈기를 날리며 아무도 없는 새벽의 해변으로 걸어 내려오는 커다란 사자들의 꿈이다.

그런데 이 사자는 무엇에 대한 문학적 장치일까. 일천한 문학적 상상력을 애써 동원해보면 그 사자의 은유는 내게 세 가지로 읽힌다. 무엇보다 사자는 유가족들의 마음처럼 여겨진다. 뼈만 남은 세월호의 선체를 바라보는 그들의 눈 앞으로 걸어오는 사자들, 그건 꿈처럼 살아서 돌아오는 그리운 아이들의 얼굴일 것이다. 하지만 사자는 그와 반대로 아직도 캄캄한 바닷속에 숨어서 인양되지 않은 것, 살아 있던 세월호를 죽음의 배로 침몰시켰던 것, 그것만이 유가족들의 상처를 치유하고 다시 살아야 하는 이유를 줄 수 있는 것, 즉 침몰의 원인들과 진실들에 대한 어두운 은유일 수 있다. 마지막으로 사자는 미지의 어떤 한 나라의 은유일 수 있다. 어쩌면 아이들과 희생자들이 어딘가에서 꿈꾸고 있을 나라, 유가족들의 상처가 그 아픔으로 알고 있는 나라, 노란 리본의 애도들이 기억하는 미래의 어느 한 나라의 은유일 수 있다.

지난 일요일 안산에 다녀왔다. 세월호 3주기 기억제가 열리는 분향소 앞에는 애도의 물결이 그득했다. 잊지 않고 찾아온 대선주자들도 입을 굳게 다물고 나란히 분향을 했다. 애도의 마음을 전하고 저마다 새로운 나라를 약속했다. 그 자리를 떠나서 다시 분향소 안으로 들어가니까 아이들과 희생자들의 얼굴들이 슬픔의 파노라마처럼 찾아온 사람들을 내려다보고 있었다. 그 얼굴들이 그 어떤 한 나라의 얼굴처럼 보였다. 그 얼굴은 대선주자들이 약속하는 나라와는 많이 달라 보였다. 그 나라는 아직 너무 멀기만 한 것 같았다. 그런데 나오면서 잠깐 다시 돌아보았을 때 아이들의 얼굴들이 꿈속의 사자들처럼 말하는 것 같았다. 가장 먼 것이 또한 가장 가까운 것이라고. 손만 뻗으면 지금이라도 당장 그 나라를 붙잡을 수 있다고.(2017. 4.)

16.

무지개 김밥

언제부터인가 일찍 일어나는 일이 습관이 되었다. 서둘러 작은 아침을 챙겨 먹고 작업실로 향한다. 잔뜩 밀린 일들을 치우기 위해서다. 그런 중에 습관이 또 하나 생겼다. 작업실 가는 길에 김밥 한 줄을 챙기는 일이다. 되도록 점심때를 미루고 아침 일을 오래 하기 위해 미리 준비하는 간식이다. 오늘은 아침부터 낮게 비가 내린다. 이런 날에는 뜻도 없이 주변의 이것저것들을 오래 응시하게 되는데 마침 열어놓은 김밥에 눈이 닿았다. 문득 그 위로 잊었던 얼굴 하나가 떠올랐다. 오래전 유학 시절 잠깐 알고 지냈던 한 부인의 얼굴이다.

그분은 간호사로 독일에 왔다. 광부였던 한 남자를 만나서 결혼을 했고 그때 시작한 작은 한식당을 지금까지 하고 있었다. 오가다 친해졌는데 자연스레 이런저런 속사정들도 알게 되었다. 짐작처럼 그분의 삶은 편치가 않았다. 남편과도 불편하고 독일 사람으로 성장한 아이들과도 갈등이 있었다. 소심한 성격 때문에 주변에 이웃도 없었다. 게다가 지병마저 있어서 건강도 여의치 않았다. 어느 날 병원에서 처방전을 받아 가까운 곳으로 한 달 정도 요양을 간다고 했다. 얼마 뒤에 엽서 한 장이 도착했다. 산 풍경이 아름다운 엽서는 무사한 일상을 전하고 있었지만 외롭다고 말하는 것 같았다. 마침 부활절 휴가 기간이어서 방문하기로 했다. 가져갈 것이 없어서 나름 김밥을 공들여 만들어 도시락에 담았다. 도착하니 마침 점심때라 김밥 도시락을 열었다. 그런데 한동안 김밥들을 내려다보던 그분이 손으로 눈가를 훔쳤다. 왜요? 나는 당황해서 물었다. 그분이 씩 웃더니 말했다. 김밥이 너무 예쁘네요. 꼭 무지개처럼……

정말 도시락 안에 가득한 김밥이 너무 예뻤다. 노란 계란, 빨간 홍당무, 초록 오이, 핑크빛 햄들의 색깔이 무지개처럼 고와서 얼른 손이 가지 않았다. 몇 줄 나누어 먹고 밖으로 나와 산책을 했다. 사람들이 여기저기 벤치에 앉아서 따뜻한 햇볕을 즐기고 있었다. 모두가 건강하고 평화롭게만 보여서 요양원이라기보다는 리조트 풍경만 같았다. 그래도 다들 아픈 사람들이에요. 알고 보면 저마다 속 상하는 일들도 많고…… 그분이 말했다. 날은 이렇게 좋고 김밥도 너무 예쁘고 맛있는데 사는 건 왜 그렇게 힘들까. 그래도 김 선생은 별문제 없는 거죠? 그분이 웃으면서 내게 물었다. 아마 그때 나는 그냥 따라 웃고 말았을 거다.

김밥의 존재론이라는 걸 생각해볼 수도 있겠다. 김밥을 가만히 바라보면 통 가늠이 안 되던 산다는 일이 의외로 일목요연하게 이해되기도 한다. 김밥의 모양은 인생의 모양을 꼭 닮았다. 까만 김, 하얀 쌀, 그 안에 촘촘한 오색의 내용물들은 인생의 요소들이고 색깔들이기도 하다. 말하자면 김의 블랙은 소멸, 쌀밥의 화이트는 시간, 컬러풀한 내용물은 변화무쌍한 생의 꿈과 사건들이라는 식으로 말이다. 예정된 죽음 앞에 주어진 일정량의 시간과 그 안에서 펼쳐지는 꿈들과 사건들의 총합, 그것이 인생이라고 김밥은 현자처럼 가르쳐주는지 모른다. 그리고 그 현자는 김밥이 더없이 예쁘고 맛있듯, 인생도 본래 그렇게 즐겁고 행복한 것이라고 가르치는지 모른다.

그런데 그럴까? 김밥은 달고 맛있어도 우리의 인생은 쓰고 엄혹하고 불행하다. 고래로 그랬고 지금도 여전하고 또 새 세상이 온다는 앞날에도 별반 달라질 것이 없을 것 같다. 물론 그 까닭 중에는 몹쓸 병이나 자연재해처럼 받아들여야 하는 운명적 불행성도 있을 것이다. 하지만 김밥의 행복을 빼앗고 불가능하게 만드는 더 많은 삶의 고통과 불행들은 분명 정의롭지 못하게 고착된 시대와 세상의 구조로부터 온다. 돌아보면 쓸데없이 겪어야 하는 고통과 불행들이 세상에는 너무 많고 그것들은 마땅히 없어져야 할

터인데 그런 시절의 도래는 아직도 까마득해서 요원하기만 하다. 새 정권에 대한 남다른 기대와 희망 속에서도 여전히 치열한 역사의식과 정치의식으로 눈 뜨고 있어야 하는 이유도 거기에 있을 것이다.

그런데 모든 큰 꿈 앞에는 언제나 이름 없는 작은 꿈들이 먼저 있다고 했던가. 생각해보면 무지개 김밥의 아름다움과 따뜻함은 그 모양새가 아니라 그분의 깊은 마음에서 왔던 것 같다. 김 선생은 문제가 없는 거죠, 라고 묻던 그분의 물음 안에는 지금 기억해보니 또 다른 목소리가 들어 있었다. 그건 꼭 말하지 않아도 다 안다, 라는 염려와 위로의 음성이다. 내가 그분의 애환을 나름 이해했듯 그분도 당시 내가 처했던 여러 어려움을 이미 다 알고 있었을 것이다. 다름 아닌 그 마음의 손길이 투박한 김밥을 무지개로 만들고 별맛도 없었을 그것을 더없이 맛난 김밥이 되게 했을 것이다. 그러고 보면 김밥과 인생이 다 같이

무지개가 되는 길이 그렇게 멀고 험난한 것만은 아닌지
모르겠다.

17.

대통령께 드리는 편지

투표일 아침이 생각납니다. 고백하건대 그때까지도 저는 심히 망설이고 있었습니다. 당신과 다른 후보들 사이에서가 아니라 투표 자체를 망설였습니다. 그 망설임은 지난 정치들로부터 받아들여야 했던 배신감과 모욕감 때문이기도 했지만, 더 근본적으로 제도 정치와 현실 정치의 본질적 한계성에 대한 제 자신의 오래된 회의 때문이기도 했습니다. 그러나 결국 저는 당신을 선택했고 당신은 당당하게 대통령이 되셨지만 당신이 승리의 두 손을 번쩍 들었을 때에도 저의 회의는 여전했었습니다.

그런데 놀랍게도 지금은 선물을 약속받은 어린애처럼 가슴이 뛰고 있습니다. 간소하지만 진실해서 멋있었던 취임식, 단호하고 자신만만했던 취임사, 다정하고 편안했던 카퍼레이드, 곧이어 당신 스스로 발표하신 탕평 인사 등등이 저의 회의와 우려를 일시에 씻어버렸기 때문입니다. 하지만 기쁨이 크면 염려도 커진다고 했던가요. 지금 저는 그래도 남아 있는 몇몇 염려의 마음을 담아 당신께 이 편지글을 쓰고 있습니다. 부디 이 편지는 소심해서 근심 걱정도 남달리 많은 한 서생의 애틋한 마음으로 읽어주시기 바랍니다.

부디 선거에서 승리했듯 권력자가 된 자신과의 싸움에서도 승리하시기를 빕니다. 가난의 체험을 가난에 대한 미움과 부자들에 대한 선망으로 바꾸어 기득권자들의 이권을 옹호하는 부역자가 되었던 지지난 대통령, 사적인 트라우마의 그림자를 벗어나지 못하고 국가 정치를 그 그림자에게 제물로 봉헌하고 말았던 지난 대통령을 잊지 마시기 바랍니다. 적폐는 마땅히 청산되어야 하지만 사적인 감정의 유혹을 단호히 끊어내시고 끝내 정의롭게 적폐들을 청산하시기 바랍니다. 그러기 위해 이제 5년 동안은 일체의 사인성을 버리고 오로지 공공성의 대표 권력 주체로서만 존재하시기 바랍니다. 그 냉철함은 칼로 제 가슴을 베어내듯 힘겨운 일이겠지만 당신이 스스로 선택하신 것이므로 당당히 그리고 필연적으로 감당해야 할 일일 것입니다.

부디 진정한 민주 대통령이 되시기 바랍니다. 당신이 국민의 요구를 충실히 수행만 한다면 우리는 당신의 무능력을 비판할 것입니다. 왜냐하면 우리가 당신을 대통령으로 선택한 건 우리의 요구들에 대한 수동적 충실성만이 아니라 그 요구를 넘어서는 더 많은 것들을 당신이 우리에게 가져다줄 것이라 기대했기 때문입니다. 민주 대통령은 다만 국민들의 요구들을 성실하게 수행하는 충복의 도덕성으로 끝나서는 불충분합니다. 그는 국가와 국민에게 미처 깨닫지 못했던 더 큰 소망을 발견하고 배우게 하는 능동적 권력 주체이어야 할 것입니다. 우리는 우리가 원하는 것보다 더 많은 것을 얻고 싶어 당신을 선택했다는 사실을 막중하게 여기시기 바랍니다. 하지만 당신의 주관적 욕망을 국민들의 소망으로 착각하는 우는 결코 없어야 할 것입니다. 당신이 열어 보이는 새로운 기획들이 다름 아닌 우리들의 숨은 소망들과 일치해 동의를 얻을 때에만 당신은 진정한 국민의 대통령이 될 것입니다.

부디 공적 합리성을 완결하는 대통령이 되시기 바랍니다. 합리적 정치는 두 가지를 말할 것입니다. 하나는 합리적 제도의 절정을 실현하는 일입니다. 위에서 밑바닥까지 그 어떤 사욕들도 공권력에 기생할 수 없도록 페르시아 양탄자만큼이나 촘촘해서 아름다운 국가 시스템을 직조하는 일입니다. 그러나 또 하나는 공적 제도 권력이 결코 개인과 시민사회 영역의 경계를 넘어서는 안 되는 일입니다. 제도 권력의 책임과 의무는 자유롭고 정의로운 민주사회의 기본조건들을 튼튼히 구축하는 일에서 멈추어야 합니다. 물적으로 심적으로 안전하게 제반 공사가 완결된 사회의 지반 위에서 저마다 개성과 자유의 집을 지으며 삶을 만들어나가는 건 온전히 시민적 자율성의 몫이어야 할 것입니다. 당신에게 주어진 권력은 제도권의 권력이라는 것, 그 권력은 제도의 완결성을 실현하는 곳에서 멈추어야 한다는 사실을 잊지 마시기 바랍니다.
부디 느낌의 정치력도 갖추시기 바랍니다. 제도는 아무리 합리적이고 포괄적이어도 태생적으로 제한적일 수밖에 없습니다. 아무리 제도가 완전해도 그 안에 함께 담기고 내포되지 못하는 것들, '신들도 눈감고 지나치는'○ 일들과 사람들이 세상 어딘가에 늘 있다는 걸 결코 잊지 않으시기 바랍니다. 부디 그렇게 끝내 소외되고 배제되는 제도권 주변부의 것들을 잊지 않고 매만지는 예민하고 따뜻한 감성의 정치력을 함께 갖추시기 바랍니다.

마지막으로 부디 칭찬들에는 경계하고 비판들에는 관대하시기 바라며 또 한번 진심으로 대통령님의 취임을 축하

○ 토머스 핀천

드립니다. 내내 건강하시기 바랍니다. (2017. 5.)

18.

카프카의 희망

카프카를 아는 사람은 그가 남긴 유명한 에피소드 하나도 알 것이다. 그건 세상의 희망에 대한 에피소드다. 늘 세상을 어둡게만 바라보는 카프카에게 친구인 막스 브로트가 어느 날 물었다고 한다: "그러면 자네 생각으로는 이 세상에 희망이 없다는 말인가?" 카프카가 대답했다: "희망은 세상 어디에나 있지. 하지만 그 많은 희망들은 우리를 위한 것이 아니라네."

이 아리송한 희망론은 얼른 이해하기가 어렵지만 몇 가지 방식으로 해석될 수 있을 것이다. 우선 부정적인 해석이 있다. 카프카의 말은 사실상 오늘 우리가 처한 어두운 희망의 현주소를 정확하게 지적하고 있다. 돌아보면 지금 여기의 현실 안에 희망이 없는 것은 아니다. 오히려 희망은 무수하고 곳곳에 편재하는지 모른다. 하지만 누구나 직시하듯 그 희망은 우리들 자신과는 아무런 상관이 없는 희망들이다.

그건 소위 이미 체제 안에서 기득권을 차지한 사람들, 정치, 경제, 교육, 문화, 언론, 종교 등등 제도화된 사회 곳곳에서 이미 철밥통을 옆구리에 찬 사람들을 위한 희망일 뿐이다. 더구나 그 희망은 오로지 그들만의 소유가 되고 세대를 건너서 계승되도록 구조화되어서 외부인들은 진입 자체가 불가능한 일종의 블록 시스템을 만들고 있다. 그래서 대부분의 외부인은 현실 어디에서도 희망을 찾을 곳이 없으며 그 안에서 헬지옥, 탈조선 등등의 탈주 욕구는 오히려 당연한 절망이 되었다.

두 번째 해석은 의지론적 해석이다. 현실이 그러하다면 희망은 더 이상 누군가로부터 주어지기만을 기다려서는 안 되고 스스로 만들거나 생산되어야 한다는 것이다. 그런 의지적 희망론은 충분히 이유가 있다. 하지만 그런 의지가 객관성을 잃어버리고 사적인 맹목성으로 왜곡되면 희망에의 의지는 오히려 열패감만을 화려하게 만들기도 한다.

하면 된다 식의 수많은 베스트셀러 자기계발서, 스펙의 바벨탑을 쌓아 올리는 강요된 유행, 얼굴은 물론 성격마저 성형하려는 거의 자해 수준에 가까운 자기 개조의 쓸쓸한 시장 풍경이 그것일 것이다.

세 번째 해석은 전투적 해석이다. 세상의 희망은 본래 모두의 것이었으나 누군가들만의 것이 되어버렸으므로 이제는 적극적인 투쟁을 거쳐서 그 빼앗긴 희망들을 탈환해야 한다는 것이다. 그래서 수많은 사회단체들, 노동단체들, 비판적 인문 이론들이 곳곳에서 머리를 들고 저마다 적극적 활동을 전개하는 건 매우 당연한 현상이다. 이런 희망투쟁론은 앞선 두 희망론에 견주어 객관적 사실과 현실에 바탕을 두고 있다는 점에서 더 고무적인 현상이기도 하다.

그런데 카프카의 희망론이 과연 여기에서 멈추는 것일까. 그는 누구나 알듯이 남달리 예민하고 예리한 감수성과 통

찰력으로 자기가 살던 세상과 삶의 속살을 응시했던 사람이고 그래서 무언가 위의 희망론들과는 다른 역설적 희망론을 앞서 소개한 에피소드 안에 감추고 있었으리라는 짐작도 충분히 가능하다. 그렇다면 그 역설적 희망론이란 어떤 것이었을까.

말 그대로 역설적 발상을 통해서 엉뚱한 꿈 이론 하나를 만들어볼 수도 있겠다. 그건 우리가 저마다 꾸는 꿈과 희망의 주인을 뒤집어서 생각해보는 일이다. 즉 내가 꾸는 꿈은 나의 것이 아니라 남의 것이라는 것이다. 내가 매일 밤 꿈을 꾸는 일도 나의 꿈을 꾸는 게 아니라 나도 모르는 누군가의 꿈을 대신 꾸어주는 일이라는 것이다. 그래서 오로지 나를 위한 것으로 해석하면 늘 이해할 수 없는 불합리한 꿈들도 그 꿈을 누군가의 꿈으로, 우리 모두의 꿈으로 읽으면 그 어느 꿈보다 또렷하게 이해될 수도 있으리라는 것이다.

그런데 이 엉뚱한 꿈 해석론을 빌리면 카프카의 희망론도 아주 정확하게 읽힌다. 즉 내가 찾는 희망은 그야말로 나만의 것, 내 가족만의 것이 아니라는 것이다. 그것들은 내가 모르는 다른 이들의 꿈과 희망이기도 하다는 것이다. 매일매일 꿈을 꾸면서도 그 꿈이 꿈으로만 끝나고 마는 건, 우리가 그 꿈들을 오로지 나와 내가 속한 집단의 꿈으로만 오해하고 있기 때문이라는 것이다.

세상 모두의 꿈이 아니라 자기들만의 꿈을 꾸었던 정권이 물러난 자리에 새로운 꿈을 간직한 정부가 들어섰다. 수그러들 줄 모르는 높은 지지율은 분명 우리가 새 정부에 기대하는 꿈과 희망의 총량을 보여주는 지수이기도 하다. 그래서인가 곳곳에서 그동안 빼앗겼던 꿈과 희망을 되찾으려는 움직임도 점점 활발해지고 있다. 하지만 지금이야말로 카프카의 희망론을 되새겨야 할 때인지 모른다. 희망이 나만의 것이 아니라 타자의 것, 우리 모두의 것이라는 사실은 꿈의 권리가 주장될수록 기억되어야 한다. 그럴 때에야 희망은 비로소 세상의 희망이 되고 더불어 나의 희망이 될 것이기 때문이다.

19.

할아버지의 큰 숨

나는 서울의 변두리 망우동에 산다. 행정 지명보다는 오래전부터 망우리 고개 또는 망우리 공동묘지로 더 잘 알려진 곳이다. 근자에 한동안 일을 쉬게 된 탓에 주변 공원으로 아침 산책을 하는 일이 꽤 오래되었다. 그러다 보니 두 가지 사실도 절로 알게 되었다. 우선 근심을 잊는다는 '망우'라는 지명의 역사적 사연이다. 그야말로 걱정 근심이 많았던 말년의 태조 이성계가 근처 동구릉에 능지를 정하고 돌아오던 고개 위에서 주변을 둘러보며 '이제는 모든 근심을 잊을 수 있겠구나'라고 말했던 것에서 그 이름이 유래했다는 것이다.

또 하나 알게 된 것은 이곳 공동묘지에 우리 근대사의 곳곳에서 족적을 남겼던 많은 인물이 잠들어 있다는 사실이다. 그래서인지 '인문학 공원'이라는 현판이 걸린 공원 입구의 쉼터에는 안창호, 조봉암, 한용운, 박인환, 계용묵 등등 익숙한 근대사 인물들의 이름과 사진이 전시되어 있었다. 하지만 내가 새삼 놀란 건 그들의 이름과 얼굴들이 아니라 그 아래 표기되어 있는 생몰 기간의 짧음 때문이었다. 전부는 아니지만 그들은 거의가 육십의 세월을 채 넘기지 못하고 저마다의 이유로 생을 마감하고 있었다.

육십의 나이가 불러일으키는 기억의 연상작용 때문인 걸까. 문득 까마득한 기억 속에서 큰 잔치 풍경 하나가 눈앞으로 떠올랐다. 그건 유년의 먼 시간 안에 들어 있던 조부의 환갑잔치 모습이다. 희미하기는 해도 친족들이 한자리에 모여서 당시로는 쉽지 않았을 육십 세월을 무사히 건너온 조부의 장수를 기뻐하던 대가족 잔치의 광경이 지금도 눈에 선했다. 그런데 그때는 몰랐지만 그 자리가 그토록 커다란 기쁨의 집안 잔치였던 까닭이 비단 조부의 장수만이 아니라 그분이 살아오신 삶 때문이라는 걸 지금의 나는 잘 안다.

19세기가 마감되던 즈음에 태어난 조부의 평생은 가난과 입지의 삶이었다. 하지만 그 삶은 당시 모든 가장의 삶이 그러했듯 자신이 아니라 가족을 위한 희생의 삶이었다. 농촌 대가족의 종손이셨던 당신은 일찍 시대의 경향을 읽으셨던지 고향을 버리고 홀로 상경해 당시 경성 전차 회사에서 말단 공무원의 삶을 시작하셨다. 그리고 박봉을 아끼며 자식들은 물론 동생들까지 서울로 불러들여 소위 신식교육을 시켰다. 전통적인 농업경제에 매여 있던 집안의 가계가 일찍이 도시 시장경제로 편입된 덕으로 오늘 저마다 중산층의 삶을 영위하게 된 건 모두가 조부의 희생 덕이다. 조부의 환갑잔치가 그토록 크고 풍성한 대가족 잔치가 되었던 이유도 물론 거기에 있었다.

하지만 나 자신에게는 사적인 조부의 기억도 있다. 그건 할아버지가 아니라 스승으로서의 당신 모습이다. 장손인 나를 남달리 아꼈던 조부는 자주 내게 고문과 고사를 읽어주며 그 뜻을 익히게 하셨다. 당연히 가족사가 중심에 있었지만 그 내용은 사람의 삶과 그 가치에 대한 보편적 교양이었다. 돌아보면 이후 성장한 나의 삶이 문자와 책의 영역에 뿌리를 내리게 되었던 데는 조부로부터 훈습된 글 냄새의 영향이 무엇보다 컸음을 부인하지 못한다.

하지만 내게 남아 있는 더 결정적인 기억은 다른 사건에 있다. 그건 조부의 임종 장면이다. 조부는 애연가였고 그 때문인지 말년에 폐암을 얻어 심한 기침으로 숨쉬기를 힘들어하셨다. 기침은 조부의 삶 안에 침묵으로 묻혀 있던 애환인 듯 끝이 없어서 밤에도 멈출 줄 몰랐다. 그리고 어느 이른 아침에 모든 가족들이 조부의 곁을 지켰다. 그토록 집요하게 이어지던 기침이 한순간 거짓말처럼 멈추더니 그 적막 안에서 조부는 큰 숨을 한 번 내쉬고 조용히 임종하셨다. 임종이 너무 편해서 그 큰 숨이 모든 근심 걱정을 다 내려놓는 망우의 숨만 같았다.

물론 사람은 누구나 오래 살기를 바란다. 그러나 사람의 생이 곧 나이의 총량만은 아닐 것이다. 생이 양이기에 앞서 질이기도 하다는 것이 인간의 삶을 남다른 것으로 만드는 한 조건이기도 할 것이다. 하지만 그러한 인간의 조건이 오늘에는 나날이 잊혀가는 것 같다. 그것이 물질이든 나이이든 가능한 한 많은 양을 축적하는 것만이 생의 가치로 여겨지는 것 같다. 그런데 그런 생의 마지막 숨은 어떠할까. 생전에 많은 양을 얻고 채웠으니 망우의 큰 숨을 쉴까. 그럴 수도 있겠지만 큰 양적 성취를 이룬 사람을 곁에 둔 바 없어 확신은 못 하겠다. 하지만 내 눈이 직접 보아서 확실한 것이 있다. 그건 조부의 마지막 큰 숨이다. 그 숨은 분명 가난하고 신산했지만 정직하고 성실했던 조부가 생의 선물처럼 얻었던 망우의 큰 숨이었다. 비록 그 생이 후세에 기록되는 역사적 삶도 아니고 왕의 삶은 더더구나 아니었지만…… (2017. 8.)

20.

조동진의 비타협적 가슴

세상에서 제일 힘든 일들 가운데 하나는 사랑하는 것에 대해서 글을 쓰는 일이라고 롤랑 바르트는 슈만에 대한 음악 에세이에서 고백한 바 있다. 어쩌면 나 또한 그런 어려움 앞에 서 있는 건지 모르겠다. 지금 나는 내가 오래 사랑했던 한 가수와 노래에 대해서 사랑을 고백하려 하기 때문이다. 얼마 전 세상을 떠나간 조동진과 그의 〈나뭇잎 사이로〉가 그 고백의 대상이다.

세대가 좀 뒤지기는 해도 나는 그와 동시대인이다. 그건 그와 내가 여러 역사적 경험들과 더불어 같은 청춘의 시절을 건너왔다는 걸 의미한다. 당시의 젊음들은 매스컴들이 '청년문화'라 부추겼던 대중문화의 물결에 휩싸여 있었다. 하지만 이제 와 돌아보면 그것은 본질적으로 새로움에의 열정인 젊음의 문화사회적 표출이라기보다는 유럽의 68학생운동이 미국식으로 시장화되어 직수입된 문화산업의 첫 성공 사례일 수도 있었다. 그런데 청춘들을 소비

주체로 삼기 시작한 문화산업의 시장영역들은 청춘영화를 위시해서 다양했지만, 그중에서도 가장 폭발적인 호황을 누렸던 건 포크와 발라드, 그룹사운드 등등이 혼재했던 대중가요였다.

사운드트랙이 아니라 통기타의 고전성을 좋아했던 내가 더 많이 끌려들었던 건 당연히 포크와 발라드 음악 영역이었다. 많은 가수와 노래를 다 좋아하면서도 내 취향이 특별히 애착했던 건 성격과 분위기가 영 다른 두 부류의 음악이었다. 당시 가장 많이 사랑받았던 송창식, 윤형주의 듀엣과 김세환의 청춘 가요들을 나 역시 아주 많이 좋아했다. 그러나 그런 즐겁고 달콤한 젊음들 뒤편에서 들려오던 언더그라운드의 목소리, 낮고 느리고 아픔이 담겨서 쓰디쓴 김민기의 목소리를 나는 또 내 것처럼 가슴에 품었다. 이해할 수 없는 취향이지만 모든 걸 다 사랑하고픈 열정이 젊음의 가슴이라면 이해 못 할 것도 없어 보인다.

조동진과의 만남은 한 템포 늦게 왔다. 그건 여러 까닭이 있었겠지만 더 일찍 알게 되었어도 나는 그를 그다지 좋아하지 않았을 것이다. 솔직히 나는 이후에도 그의 노래들에 애착한 적이 없다. 그의 노래들은 지나치게 느리고 낮고 무기력해서 끝까지 공감하면서 듣기가 힘들었다. 그런데 〈나뭇잎 사이로〉는 완전히 달랐다. 나는 지금도 어느 초가을 저녁 대학 도서관을 나와 긴 교정을 걸어 내려갈 때 어딘가에서 들려오던 조동진의 목소리를 잊지 못한다. 그건 그 순간에도 덧없이 사라져가던 내 청춘의 목소리였다.

그 당시 〈나뭇잎 사이로〉에 대한 나의 매혹과 애착은 쉽게 감염되는 젊은 감수성 때문이었다. 그러나 그사이 살아오면서 보다 사변적이 된 청각으로 다시 들으면 그 까닭은 보다 내밀하고 깊은 어느 장소에서 기인하는 것 같다. 나는 그 장소를 지금은 아무도 말하지 않아서 고대어가 되어버린 '가슴'이라는 이름으로 다시 호명하려 한다. 다른 노래들에서는 늘 전면에 머물던 조동진의 가슴이 어쩐 일인지 이 노래에서는 '나뭇잎 사이'로, '지붕들 사이'로 문득 열려서 쉽게 지나가는 계절과 다정하게 위안하는 대도시 저녁의 불빛 풍경을 보여준다. 그리고 '여윈 얼굴'의 가슴에게 너도 그렇게 쉽고 따뜻한 길을 따라서 살라고 충고한다.

그러나 조동진의 가슴은 의외로 단호하고 비타협적이다. 아직 실용주의를 익히지 못한 아이처럼 그의 가슴은 그가 사랑하는 바로 그것을 그 무엇으로도 대체하려 하지 않기 때문이다. 그래서 그는 쉬움을 외면하고 대신 사랑의 어려움을 고백한다. 사랑의 가슴은 먼 길을 가야 하고, 우회해야 하고, 야윈 얼굴이 되어야 한다. 가끔 그 사이 안으로 작은 꿈의 별이 뜨기도 하지만, 그는 그 낭만의 허위 또한 알고 있는 듯 다시 사랑의 엄중한 현실인 저 피할 수 없는 '야윈 얼굴'로 귀환한다. 다름 아닌 이 비타협적 가슴이 더 많이 유행했던 당대의 젊은 노래들로부터 그를 뚜렷이 변별하며, 또 비슷한 이유로 한두 세대 뒤 역시 타협을 모르는 채 아파했던 기형도의 그것과 내밀한 친화성을 지닌다는 것이 나의 오랜 생각이다.

산다는 건 나도 모르게 가슴을 잃어가는 일인지 모른다. 물론 그건 가슴을 돌보지 않은 주인 탓이기도 하겠다. 하지만 더 많이 그건 심지어 가슴을 버려야 매일의 삶을 벌 수 있는 시대와 세상의 구조 탓이다. 그런데 사람의 가슴이 버린다고 버려지는 걸까. 그건 나와는 무관하게 늘 혼자서 내 안에 남아 있는 그런 것이 아닐까. 그러고 보니 알 것 같다. 왜 길고 신산스러운 세월을 건너온 지금에도 문득 〈나뭇잎 사이로〉의 멜로디가 바람 한줄기처럼 안으로 흘러들면 아이처럼 따라서 흥얼거리곤 하는지를. 고인의 명복을 빈다. (2017. 9.)

21.

댈러웨이 부인의 꽃

〈나 없는 내 인생〉이라는 영화를 다시 보았다. 이제 겨우 스물셋인 젊은 여자가 주인공이다. 벌써 아이가 둘이고 능력 없는 남편 대신 대학의 청소부로 일하지만 나름 행복하게 살아가던 그녀에게 상상하지 않았던 불행이 찾아온다. 남겨진 시간이 두 달뿐인 말기암 판정이 그것이다. 영화는 그녀가 이 시한부 인생을 어떻게 살아가는지를 보여준다.

그녀는 자기에게 남겨진 시간을 두 개의 인생을 위해서 나누어 쓴다. 우선 그동안 살아보지 못했던 자기만의 생을 위해서 쓴다. 우연히 시작된 새로운 사람과의 만남을 전 같으면 포기했겠지만 이번에는 온몸으로 받아들여 주체적인 사랑으로 실현한다. 동시에 남은 시간을 가까운 타자들, 즉 자신이 없어져도 여전히 세상에 남게 될 가족들을 위해서 사용한다. 우울한 유서를 쓰는 대신에 그동안의 기쁜 추억들과 사랑과 부탁의 목소리를 담아서 두 아이와 남편 그리고 어머니에게 특별한 선물로 마련하는 세 개의 녹음테이프가 그것이다.

극적인 서사와 구성 때문에 특별해 보여도 사실 이 영화는 모두가 살아가는 평범한 인생의 모습을 보여준다. 생각해보면 우리는 누구나 두 개의 인생을 산다. 하나는 나 있는 내 인생, 나의 현재적 삶이고, 다른 하나는 나 없는 내 인생, 내가 존재하지 않게 될 사후의 삶이다. 그래서 누구나 자기중심적 삶을 살면서도 가족이 있는 사람은 자신이 떠난 후 남겨질 가족의 삶을 준비하고, 명망이 중요한 사람은 사후에 그 대신 살아가게 될 이름을 준비하고, 신앙인은 내세의 다른 세상을 위한 준비의 시간으로 현세의 삶을 경건하게 살아가고자 애쓴다.

개개의 삶은 모두가 필연이고 귀해서 그 값을 비교해 따질 건 아니다. 하지만 좀 더 잘 사는 삶은 무엇일까 묻지 않으면서 매일을 사는 사람 또한 없을 것이다. 그 답들이야

천차만별이겠지만 앞서 말한 두 개의 삶이 저마다 어떤 관계를 맺으며 살아지는가의 차이를 통해서도 하나의 답을 얻어볼 수도 있겠다. 만일 두 개의 인생이 오로지 나와 내 집단의 이해관계망 안에서만 살아질 때 그 생은 다만 이기적인 삶의 한계와 구속성을 벗어나지 못할 것이다. 더 많은 것들을 축적해서 제 가족에게 남기고자 하는 상속의 욕망, 금욕 대신 금력과 권력을 둘러싸고 벌어지는 종교계의 몰골들, 인간과 세상의 미적 가치와 권리를 지키겠다는 예술과 문화영역에서 목격되는 이권 투쟁의 추한 모습도 그런 하류의 삶을 보여준다. 하지만 더 안타까운 건 그러한 이기적 삶이 이제는 저질적 특권 집단만이 아니라 모든 이의 평범한 삶으로 고착되고 있는 우리 시대의 보편적 인생론일 것이다.

그런데 또 다른 방식으로 나 없는 내 인생을 준비했던 이들도 있다. 비록 소설적 인물이기는 해도 버지니아 울프의

《댈러웨이 부인》이 그렇다. 여러 독법이 있겠지만 이 소설 또한 나 없는 내 인생을 준비하는 한 우아한 여자의 이야기로 읽을 수 있다. "댈러웨이 부인은 파티의 꽃은 자기가 직접 사겠다고 말했다"라는 이 소설의 첫 문장은 너무나 유명하다. 그 안에는 소설의 주제가 함축되어 있지만 이 우아한 19세기 여인의 특별함이 무엇인가를 깨닫게 하는 하나의 질문도 들어 있다. 그건 그녀가 스스로 사겠다고 선언하는 그 꽃은 과연 누구를 위한 것인가라는 질문이다.

그 답은 조금만 더 읽으면 마주치게 되는 그녀의 짧은 독백 안에서 들을 수 있다. 맑은 날 아침 런던의 대기를 마시며 걷다가 그녀는 이렇게 독백한다: "나는 죽으면 런던의 대기가 되고 싶어. 사람들이 숨 쉬며 그 대기를 마실 때마다 나를 기억하게 하고 싶어. 그래서 나는 파티를 준비하는 거야. 나 스스로 이렇게 꽃을 사러 가는 거야." 댈러웨이 부인의 꽃은 분명 그녀의 두 인생을 위한 꽃이다. 그것은 그녀 자신의 삶을 위한 것이지만 동시에 세계대전의 상처로 얼룩진 당대의 암울한 런던을 위한 꽃이다. 댈러웨이 부인이 그토록 아름답고 우아한 건 그녀가 이 두 인생의 꽃을 다 알고 있고 그 두 꽃을 모두 '스스로' 사려고 하는 특별한 욕망의 여인이기 때문일 것이다.

그런데 돌아보면 댈러웨이 부인처럼 우아한 두 인생의 삶을 살아가는 사람들은 세상 안에서도 숨은 꽃들처럼 존재한다. 아이들을 찾아서 바다로 투신했던 세월호의 잠수사와 투병 중에도 마지막까지 카메라를 놓지 않고 주변부 삶의 모습들을 기록하고자 했던 어느 다큐 영화인도 그런 숨은 꽃들이다. 불화와 모순으로 팽배한 세상이 오늘도 무사한 건 이처럼 소리 없이 치열하게 살아가는 나 없는 내 인생들의 공력 때문이리라. (2017. 10.)

22.

미소지니와 이디오신크라지아

신자유주의는 경제적 용어만이 아니다. 그건 담론 문화적 용어이기도 하다. 그러한 이름에 걸맞게 요즈음 공론의 장들 안에서는 다양한 담론 투쟁들이 벌어지고 있다. 그중에 하나가 작금의 담론 현장을 뜨겁게 달구는 남녀 간의 혐오 논쟁이다. 강남역 사건 이후 혐오 논쟁은 점화되었고 갈수록 격렬해지고 있다. 더구나 그러잖아도 전선이 형성되어 있었던 페미니즘 담론들과 연대하면서 이제 혐오 담론은 가장 뜨거운 담론 투쟁의 화두로 자리 잡았다.

초기에 이 혐오 담론은 오래된 여성혐오 더 정확히 여성지배의 뿌리 깊은 문제 영역들을 드러내면서 역사적이며 구조적인 폭력성들을 노현시키고 비판하는 전통적인 내용으로 전개되었다. 하지만 그것은 곧이어 똑같은 개념을 동원하는 남성들의 역공격을 받았고 또다시 여성들의 미러링이라는 반사공격으로 재역공되었다. 이후 혐오 담론의 현장은 수많은 신조어들이 확대재생산되는 개념 투쟁의 양상으로 전개되었다. 그런데 이 복잡하고도 혼란스러운 언어 투쟁들은 불문학자 황현산의 깔끔한 칼럼 이후 하나의 개념으로 수렴되었다. 그것이 서구의 문화사 안에서는 뿌리가 깊고 이미 충분히 논의가 되었던 '미소지니(Misogyny)'라는 개념이다. 그런데 이 개념은 여성혐오의 문제를 충분히 다루는 개념일까.

여성혐오의 뿌리는 길고도 길다. 그 뿌리는 미소지니의 어원이 되기도 하는 그리스시대마저도 넘어서는 길고도 길은 뿌리다. 여성혐오의 기원은 역사마저 넘어서는 문명사 안에 뿌리를 내리고 있다. 그것은 문명이 자연에 대한 혐오에서 시작되는 것이며 미소지니는 그 연장선상의 한 시기에 비로소 자리 잡은 후차적 개념이라는 게 더 맞는다. 문제는 여성혐오성의 기원은 뿌리 깊은 자연 혐오의 한 줄기이며 또 이 경우 여성은 이 원초적 증오의 대상이 되었던 자연의 투사체이기도 하다. 만일 그렇다면 여성혐오 담론은 다만 여성 vs 남성의 성적 대결이 아니라 문명과 자연, 인간과 자연의 지하사 안에 뿌리박혀 있는 개념으로 받아들여야 함이 더 본질적이고 논쟁적이다.

이 본질적 혐오 담론을 담론화하자면 미소지니가 아니라 다른 개념이 동원되어야 옳다. 그것이 '이디오신크라지아(idiosynkrasia)'이다. 미소지니와 이디오신크라지아는 다 같이 특정한 대상에 대한 혐오 반응이다. 하지만 둘 사이에는 엄연한 차이가 있다. 미소지니는 그 기원이 그리스의 로고스 주의에서 비롯하듯 본질적으로 정신주의적인 혐오 반응이다. 즉 그것은 일종의 의식화된 지적 정서 반응의 구조이며 형식이다. 이 사실은 황현산의 칼럼이 일목요연하게 정리해준 것처럼 미소지니의 담지자들이 거의 모두 예술가이든 철학자이건 모두가 정신 우월주의 남성들이라는 사실이 보여준다. 동시에 이 사실은 미소지니를 둘러싼 작금의 혐오 논쟁이, 그 진영이 여성이든 남성이든,

지적 정신적 패러다임 안에서 벌어지는 논쟁이라는 걸 보여주기도 한다.

하지만 이디오신크라지아는 정서-의식적 혐오 반응이 아니다. 그건 신체적(somatic) 혐오 반응이다. 예컨대 배설물, 악취, 날카로운 마찰음 등등에 대한 즉각적이고도 참을 수 없는 소름이나 구토 증상과 같은 것이다. 이디오신크라지아는 지각에 대한 이해, 정서적 판단 후에 일어나는 반응이 아니라 그에 앞서 이미 발생하는 육체적이며 생리적인 거부반응이다. 이 거의 병리적인 알레르기 반응에 주목하는 일은 중요하다. 왜냐하면 그 반응은 미소지니가 닿지 못하는 그 어떤 기억의 지점, 모든 혐오와 증오 감정의 원초적 발생 지점까지 그 뿌리가 닿아 있기 때문이다. 작금의 혐오 담론이 그 문제 영역을 다만 성적인 문화 대결의 구조 안에서 멈추고자 한다면 미소지니 개념은 매우 유효하다. 하지만 혐오에 대한 성찰이 성적 담론을 넘어서 그 본래적 기원을 묻고자 한다면 이디오신크라지아 개념의 도움을 받아야 옳다. 그리고 그럴 때에만 불붙은 혐오 담론이 비생산적인 논쟁과 투쟁을 건너서 보다 비판적이고 생산적인 담론으로 자리 잡을 수 있을 것이다. 그런 점에서 또 하나의 혐오 담론 현상은 특별히 주목할 만하다. 그것이 일군의 남성들이 보여주는 자기 고해 현상이다.

언젠가부터 시작된 또 다른 담론의 현상은 남성들의 고해 현상이다. 소위 일베라 불리는 이들이 여성을 향한 더 가열한 방식과 욕설들로 여성혐오를 드러내는 반면, 일군의 남성들은, 지금까지는 대체로 시인들을 비롯한 예술가들이나 엘리트 남성들이 거기에 속하는데, 역으로 자기 고백의 모습을 보여주는 현상이 그것이다. 물론 거기에 어떤 의도적 저의가 있다고 확정할 수는 없다. 다만 이미 오래전에 고백과 고해가 또 하나의 자기합리화 내지 자기 면책의 방식이었다는 건 예민하게 기억할 필요가 있다. 사실

혐오의 뿌리는, 앞서 말했듯, 고해 담론으로는 닿을 수 없는 깊고도 깊은 지층에 그 뿌리가 닿아 있음 또한 기억되어야 한다. 그렇다면 이 고해 현상의 진실은 무엇일까.

이 현상은 두 가지로 성찰될 수 있다. 하나는 앞서 말한 것처럼 오래된 권력의 자기 유지 전술이다. 권력은 몇 가지 지배 유지 방식을 알고 있다. 우선 가장 미숙한 방식으로 물리적 억압이 있다. 그것이 상징적이든 물리적이든 자기가 가진 우월한 힘을 동원해서 직접적으로 약자를 억압하고 통제하는 방식이다. 또 하나는 포용의 지배 방식이다. 물리적인 지배가 한계를 보일 때 권력은 저항적 피지배 대상을 자기 안으로 포함시킨다. 그것이 적대적 패밀리 사이의 정략결혼, 적대적 국가들 사이의 문화 식민주의와 같은 현상이다. 하지만 어쩌면 가장 세련된 권력 유지의 방식은 적극적 수동성의 방식이다. 그리고 그중에 고해의 방식도 있다. 종교가 고해와 신앙적 수동성을 통해서 신을 인간화하려고 하듯 이 경우 지배권력은 자신의 잘못을 고백하면서 자기의 우월성을 유지시키려고 한다. 물론 작금에 눈에 띄게 나타나는 일군의 남성적 자기 고해 현상이 모두 지배권력의 전략성이라는 의심을 해보아야 한다는 건 아니다. 그래도 대부분의 민감한 여성들이 이 고해들을 긍정보다는 의심의 눈으로 응시하고 있다는 건 매우 중요한 인식의 기호로 주목되어야 할 것이다.

23.

롤랑 바르트의 하품

폭염이 지나고 아침저녁으로 가을이 느껴져서일까? 여름 동안에는 시끄럽고 혼란스러워 힘들기만 하던 세상 풍경이 어쩐지 멀게 보인다. 멀게 보면 거리가 생겨서 한편 쫓기는 마음이 가라앉기도 하지만 반드시 그런 건 아니다. 오히려 먼 거리는 세상을 구석구석까지 보게 만들고 가까울 때는 안 보이던 디테일들이 더 자세히 눈에 들어오기도 한다. 그래서인지 가을바람 때문만은 아니게 울적해지고 애써 마음을 다잡아보지만 결국 서생에게 기댈 건 서가의 책들뿐이다.

오늘도 책장 앞에서 서성이며 손 가는 대로 책들을 뽑아 들추어 본다. 어떤 책은 꿈을 꾸게 만든다. 어떤 책은 몽롱했던 머리 안에 다시 얼음물이 찰랑이게 한다. 어떤 책은 말들의 허무를 새삼 맛보게 하고 어떤 책들은 삶의 운명성을 깨닫게 한다. 그런데 어떤 책은 하품을 발견하게 한다. 새 학기에 시작한 강의 때문에 들추어 본 롤랑 바르트의 책이 그렇다. 내가 가진 바르트의 책들 중 하나에는 그의 사진들이 꽤 많이 들어 있다. 일찍이 시인 김수영은 시인이든 지식인이든 도대체 자기 사진 한 장을 제대로 찍을 줄 모른다고 힐난했지만 이런저런 책들에서 만나는 저자들의 사진들이 마음에 드는 일은 사실 드물다. 바르트의 여러 사진들이 그런 점에서 빼어난 건 아니지만 그중에서 한 장의 사진은 정말 내 마음에 든다. 사진 속에서 지금 그는 아마도 무슨 세미나 토론을 하면서 이름만 대면 알 수 있는 당대 프랑스 지식인들과 마주 앉아 있다. 다른 이들은 모두가 매우 진지한 표정인데 유독 바르트 자신의 얼굴만은 영 재미가 없다는 표정이다. 하품을 하고 있지는 않지만 당장이라도 하품이 나서 못 참겠다는 얼굴이다. 그 대단한 지성들의 자리에서 왜 그는 그렇게 재미가 없고 심심했던 걸까. 무엇이 그토록 하품을 참을 수 없도록 그를 지루하게 했을까.

많이 알려져 있듯 그는 1980년 봄 어느 날 엘리제궁 앞 도로에서 작은 트럭에 치여 사망했다. 기록에 의하면 그때 그는 당시 사회당 당수였던 미테랑 대통령이 당대 지식인들을 초청해서 마련했던 오찬을 마치고 나와서 길을 건너던 중이었다. 짐작이지만 아마도 그는 그 대단한 오찬 자리에서도 내내 하품을 참았을 것 같다. 왜냐하면 그즈음은 바르트가 어머니를 잃고 2년이 지난 뒤였고 아직도 애도의 슬픔을 정리하지 못하던 시기였기 때문이다.

어머니에 대한 바르트의 애착은 유명하다. 유년기에 아버지를 잃은 그는 평생을 어머니와 함께 살았다. 게다가 그는 동성애자였으므로 어머니는 그가 사랑했던 단 한 명의 여인이었다. 여기서 그의 사랑이 정확히 무엇을 뜻하는지는 해석이 필요하지만 어쨌든 어머니는, 그의 표현을 그대로 빌리자면, '대체할 수 없는 존재'였다. 그래서 그의 생은 어머니의 존재 여부를 따라서 두 시기로 확연하게 나누인다. 어머니가 살아 있었을 때, 바르트의 지성적 주제는 생의 즐거움이었다. 그러나 어머니를 잃은 뒤 그의 주제는 슬픔, 더 정확히 애도의 슬픔으로 바뀐다. 그런데 그에게 애도란 무엇이었을까.

애도는 사랑하는 사람을 잃었을 때 감당하게 되는 상실의 슬픔과 고통이다. 프로이트는 그것을 상실의 슬픔으로부터 현실로 귀환하자면 반드시 치러야 하는 일종의 통과제의로 생각했다. 애도는 끝나지 못한 사랑이지만 언젠가 끝나야 하는 것이다. 생은 엄중해서 추억과 슬픔 대신 또 다른 사랑을 필요로 하는 것이기 때문이다. 그러나 바르트에게 애도는 끝날 수 없는 것이었다. 사랑의 대상은 말했듯 대체할 수 없는 존재이며 그 사랑이 끊어진 자리는 그 무엇으로도 대신 채워질 수가 없기 때문이다. 물론 바르트도 애도의 성공을 위해서 무진 애를 썼지만, 그가 남긴 《애도 일기》는 애도의 성취가 아니라 애도의 불가능성만을 보여준다. 그리고 점점 더 그 애도의 불가능성 속으로 깊이 빠져들던 때가 다름 아닌 앞서 말한 사진 속의 시기이기도 했다. 그러고 보면 그의 하품이 얼마든지 이해되기도 한다. 왜냐하면 그때 그는 오로지 하나의 생각, 잃어버린 어머니에 대한 그리움에만 매달려 있었기 때문이다. 그럴 때 거대하고 드높은 지성의 담론들이 그에게 무슨 즐거움이 되었을까. 사랑하는 사람을 잃어버린 사람에게 담론은 모두가 거짓뿐인지 모른다. 그 어떤 담론도 사랑의 상실과 그 아픔을 대신하지는 못한다, 라고 그 자신도 《애도 일기》에 썼다.

그러고 보니 오래전 일이 생각난다. 세월호 이슈가 아직 뜨거웠던 어느 토요일 오전 강의를 마치고 돌아오는 길에 광화문에 들렀다. 세월호의 부모님들이 천막 아래서 단식을 하고 있었다. 많은 이들이 다가가서 악수를 하고 말을 건네고 그중에는 정치인들도 있었다. 누군가들은 다가가 함께 울기도 해서 그 안타까운 마음을 충분히 알 수 있었다. 하지만 단식으로 지친 부모님들의 얼굴은 굳어 있었다. 그분들에게는 모든 것들이 다 무관심하고 지루해서 하품이라도 참고 있는 것 같았다. 물론 그럴 리 없었겠지만 사실 모든 담론들과 사교적 행위들은, 그것이 무슨 의미를 말하고 있든, 그분들에게 무슨 위안이 될까. 그분들은 지금 오직 하나만을 생각하고 있을 테니까. 돌아오지 못하는 아이들의 얼굴만이 머릿속을 가득 채우고 있을 테니까. 가을의 우울은 때로 성찰을 깊게 하는 걸까. 이 가을에는 세상에 기득한 담론들과 이론들이 사랑의 추억 앞에서 겸손해져야만 할 것 같다. (2018. 2.)

24.

인문학의 본질

무엇이 '인문학의 위기'를 불러들였는가? 그건 인문학이 자기 유지를 위해서 그동안 대사회적으로 보여준 무관심 때문이었다. 이제 다시 인문학의 위기가 화두로 대두된다. 그러면서 주장되는 것은 이제는 인문학이 사회적 대세들과 발을 맞춤으로써 대사회적 참여성을 드러내야만 한다는 것이다. 그러나 인문학의 위기는 대사회적 무관심이 대사회적 의무감으로 대체됨으로써 해결될 수 있는 위기일까?

인문학의 본질은 '자유정신'이다. 이 자유정신은 그 어느 것에도 자신을 가두어놓기를 거부하는 속성을 지닌다. 때문에 이 자유정신은 자신의 내적자유를 시금석으로 하면서 모든 억압과 제한들이 그 어떤 정당성을 빌미로 삼는다고 해도 결국은 자유정신에 굴레를 씌우려는 음모임을 간파했었다. 인문학의 진정한 대사회 대정치 대항력은 다름 아닌 여기에 있었던 것이다.

그것이 무엇이든 정신의 자유를 어떠한 특정한 의무나 영역에 묶어놓으려고 하는 것은 모두가 인문학의 위기를 더 깊게 할 뿐이다.

인문학의 대사회적 관심은 결코 사회적 대세 속으로 자신을 내팽개치는 것이 아니다. 모든 것을 오락화하고 상품화하고 교환화하는 엔터테인먼트산업 문화 속에다 자신을 용해시키는 것이 아니다. 인문학의 위기는 인문학 자신의 생명 줄인 진실에의 본능을 되살릴 때에만 비로소 가능해진다. 그 본능은 다름 아닌 가족문화 현상들이 은폐하고 폐기하는 모든 것들에 대한 집요한 추적과 성찰과 비판 행위 속에서만 드러난다. 그리고 그 본능만이 인문학 자신을 위기 속에서 구출해내는 유일한 힘이다.

25.

가을 하늘은 왜 텅 비었나

요양병원의 하루는 아침 산책으로 시작한다. 가을이 깊어지면서 길지 않은 산책은 병동이 가깝고 나날이 붉은빛이 젖어드는 단풍나무 아래 벤치에서 끝나곤 한다. 거기에 등 기대고 앉아 잠시 숨 고르며 고개를 들면 맑고 깊은 가을 하늘이 눈 안에 가득해진다. 그러면 엉뚱한 질문이 떠오르기도 한다. 예컨대 이런 질문: 가을 하늘은 왜 저토록 텅 비어 있는 걸까.

텅 빔에는 두 가지가 있다. 하나는 그야말로 공허만이 가득한 텅 빔. 그 무엇도 다정하지 않은 삭막한 마음, 돌보지 않아서 아이들이 버리고 떠나버린 놀이터, 불도저와 용역들이 휩쓸고 간 철거 현장 같은 것들이 그런 폐허의 텅 빔이다. 하지만 또 하나의 텅 빔, 그 어떤 기대와 그리움으로 가득한 텅 빔도 있다. 내일이면 배우들과 관객들로 채워질 빈 무대와 극장, 이제 곧 아이들의 재잘거림으로 가득할 새벽의 학교 운동장, 카페에서 사랑하는 이를 기다리며 잠시 마주 바라보는 탁자 저편의 빈 의자는 텅 비었지만 얼마나 가득하고 충만한가. 가을 하늘에서 쉽게 눈을 떼지 못하는 것도 물론 그런 텅 빈 충만함 때문이다.

그래서일까, 텅 빈 가을 하늘을 오래 보노라면 저절로 떠오르는 얼굴들이 있다. 우선 나의 젊은 날을 자주 잠 못 들게 했던 어느 싱어 송 라이터의 얼굴—짧은 시를 낙엽 같은 음표들의 멜로디로 바꾼 노래, 문득 발밑으로 다가온 가을을 느낄 때 누구나 한번쯤 낮은 목소리로 따라 부르게 되는 〈가을 편지〉의 작곡가 김민기의 얼굴이 떠오른다. 그런데 엄혹한 1970년대의 주변부를 헤매던 젊은 가객, 그래서 암울한 기지촌과 꽃이 피지 못하는 꽃밭과 공장의 어두운 불빛만을 우울하게 노래하던 그의 가슴 안으로 왜 갑자기 그토록 맑고 관대한 사랑의 멜로디가 찾아들었을까. 혹시 그는 어두운 곳들을 헤매던 어느 가을날 우연히 고개를 들고 텅 비어 충만한 하늘을 바라보았던 건 아닐까. 그 순간 모르는 여자가 아름다워지고 세상의 누구라도 받아볼 수 있는 경계 없는 사랑의 가을 편지를 노래하고 싶어지지 않았을까.

또 롤랑 바르트가 있다. 텍스트와 이미지의 문화비평가였던 그는 말년의 사진 에세이에서 대강 이렇게 말한다: "자본주의 시대 우리의 삶은 둘로 분열된다. 하나는 존재의 삶이고 또 하나는 소유의 삶이다. 현대인들은 누구나 소유의 삶을 살아가고 더 많은 소유를 위해 심지어 나 자신마저 외면하고 내버린다. 그 결과 생 안에는 마치 지하실처럼 버려지고 망각된 나들이 쌓여 있는 고독의 빈방이 존재한다. 그러다가 사진 한 장이 돌연 그 망각된 방의 초인종을 누르는 순간 우리는 고통스럽게 내 안에 있는 고독한 빈방을 기억하게 된다. 그것이 사진의 힘이다." 그러나 내가 버린 고독한 나의 존재들을 다시 만나게 하는 것이 왜 특별한 사진의 체험만인가. 그건 지금처럼 텅 빈 채 묵묵히 나를 내려다보는 가을 하늘이기도 하다.

끝으로 발터 베냐민이 있다. 역사철학자였던 그가 평생의 과업으로 삼았던 건 새로운 역사의 도래라는 화두였다. 그러나 새로움을 기술적 미래에서만 찾았던 이들과 달리 그에게 새로운 역사의 가능성은 과거의 시간들과 그 억압의 시간들 속에서 살고 죽어갔던 이름 없는 사람들에게 있었다. 유서처럼 남겨진 아포리즘《역사의 개념에 대하여》안에 담겨 있는 새로운 역사관의 본질적 내용도 다르지 않다: "지금 우리가 여기에 살고 있는 건 우연이 아니다. 그건 지난 시대가 우리에게 남겨놓은 소명 때문이다. 과거의 사람들은 사라진 것이 아니라 다만 잊혔을 뿐이다. 그들은 오늘 여기의 우리와 연대하고 있다. 우리가 기억하면 그들은 지금이라도 나의 연인과 친구 심지어 형제자매가 될 수 있지 않은가. 새로운 역사의 희망은 공허하게 반복되는 미래가 아니라 현재 속으로 깨어나는 충만한 과거의 시간 속에 있다."

가을은 침묵의 현자를 닮았다. 시끄러운 말 대신 다만 텅 빈 하늘로 오래 잊고 살았던 귀한 것들을 다시 기억시킨다. 그건 잃었던 나일 수도 있고, 차가운 타자가 되어버린 이웃일 수도 있고, 심지어 먼 과거의 시간 속에서 지금도 우리에게 말을 걸고 있는 얼굴 없는 존재들일 수도 있다. 하지만 텅 빈 가을 하늘을 가득 채우는 것이 다만 아쉬움 속에서 돌아오는 기억의 시간들만은 아닐 것이다. 그건 오히려 잃어버린 것들에 대한 아픈 기억 속에서 오늘의 시간 안으로 도래하는 것, 누구나 간절히 기다리는 지배 없는 세상과 고통 없는 삶에 대한 기대와 그리움일 것이다. 가을의 현자가 텅 빈 하늘의 충만함으로 묵묵히 환기시키는 것 또한 그 어떤 세력도 막을 수 없이 도래하는 미래의 진실이리라. (2017. 11.)

26.

마광수의 눈빛

마광수 선생의 비보를 듣던 날 오래고도 오랜 기억 하나가 떠올랐다. 그건 마광수 선생과 나 사이에 스치듯 지나간 인연 아닌 인연의 에피소드다. 그때 나와 그는 같은 학교의 중학생이고 고등학생이어서 선후배의 인연이 있었다 하겠으나 더 내밀한 인연은 그 시절 어느 해 가을에 있었다. 그때 나는 진지한 문학 소년이었고 당시 유일한 전국 학생 잡지였던 〈학원〉의 열렬한 애독자였다. 그 잡지가 매해 전국 중고교생을 대상으로 개최했던 학원문예상은 문학 청소년들 사이에서는 그 명성이 가히 신춘문예에 맞먹는 것이었다. 어느 해 나는 짧은 산문을 투고했고 덜컥 상을 받게 되었는데 그때 고등부 시의 수상자가 같은 학교의 마광수라는 선배라는 것도 알게 되었다.

그런데 며칠 뒤 고등학교 어느 학급으로 출두하라는 호출이 왔고 불안한 기분으로 찾아간 나를 기다리고 있던 사람이 마광수 선배였다. 선생과 나의 처음이자 마지막인 그

짧은 만남의 인상은 지금도 또렷하다. 하나는 세상에 나보다 더 마른 사람도 있구나, 놀라게 했던 그의 왜소한 체구였고, 다른 하나는 시종 안경알 뒤에서 악동처럼 빙글거리며 눈웃음치던 그의 두 눈이었다. 그 눈빛은 글쎄 무어라 할까, 봄날의 새순처럼 이제 막 한 소년의 내면 속에서 눈을 뜨고 깨어난 그 어떤 재기발랄한 정신의 천진스러운 치기라고나 할까. 선생의 비보를 듣자 당장 눈앞으로 떠오르던 이미지도 그 반짝이는 재기와 치기의 눈빛이었다.

선생과의 인연은 그것으로 그만이었다. 당시의 입시제도에 따라서 나는 시험을 치르고 다른 고등학교에 입학했고 이후로 그를 다시 만날 일은 없었다. 하지만 언제부터인가 여기저기서 들려오는 풍문들이 그의 잘나가는 근황들을 알려주었다. 명문 대학의 국문과에 입학했고 일찍이 시인으로 입성했으며 윤동주에 대한 빼어난 논문을 인정받아 서른 초반의 약관으로 모교의 정규직 교수가 되었다는 그야말로 빙판 언덕에서 썰매 타듯 거침없이 내달리는 그의 출세담들이 그것이었다. 어쩌면 비슷한 미래의 꿈을 간직했던 나에게 그의 남다른 성취들은 내심 씁쓸한 선망의 표적이기도 했으리라.

그런데 선망과 부러움이 아니라 참을 수 없는 분노와 모멸감으로 그의 소식을 다시 듣게 된 건 내가 먼 나라에서 나름의 꿈을 준비하던 어느 해였다. 소위 《즐거운 사라》를 제단 위에 올려놓고 벌어졌던 미친 법정의 굿판이 그것이다. 지극히 사적인 성적 상상력의 세계를 지극히 사적인 언어로 펼쳐 보인 한 범속한 소설 텍스트에 음란 서적의 낙인을 찍고 건전한 성 질서를 문란케 한다는 공적 범죄의 올가미를 씌우는 법 권력의 야만성은 먼 나라 유학생이 간직하고 있던 노스탤지어에 똥물을 끼얹는 모욕감이었다. 그런데 어쩐 일일까. 백묵 가루 묻은 가냘픈 손목에 수갑이 채워져 연행되는 모습, 수의를 입고 포승줄에 묶여서 법정에 서 있는 그의 참혹한 사진들을 보는 중에도 선연하고 안타깝게 눈앞으로 떠오르는 건 재기와 치기가 반짝이던 사춘기 마광수의 눈빛이었다.

이후 마광수 선생의 삶은 사적이든 공적이든 오늘의 비보에 이르기까지 가없는 전락의 길이었다. 물론 모두가 그 자신의 팔자소관이고 운명의 장난질이라고 입맛 한번 다시고 돌아서버리면 그만이겠다. 그런데 꼼꼼히 더듬어 추적해보면 거기엔 모종의 매우 치밀하게 짜인 사회적 자기 유지 메커니즘이 암묵적으로 작동하고 있는 것 같기도 하다. 예컨대 이미 고착된 기존 사회의 질서를 누군가 위반하려고 할 때 그 문제적 개인을 색출 추방 배제하기 위해서 사회적으로 합의된 자기 안전 시스템이 우리 사회 안에서 집단무의식적으로 그만큼 더 은밀하고 조직적으로 작동하고 있는 건 아닐까, 라는 두려운 의구심이 그것이다.

돌아보면 마광수라는 한 위반적 개인의 전락은 마치 법정의 삼심제도처럼 세 단계의 심급을 거치며 점진적으로 완수되었던 것 같다. 우선 국가권력의 법적 그물망이 그를 형법적 대상으로 낙인찍어서 법정 안으로 나포한다. 그리고 형식적 법정 논리에 준하는 죄와 무죄의 담론을 거쳐 집행유예든 무죄든 그를 다시 사회 안으로 다시 복귀시킨다. 하지만 법정에서 풀려났다고 이미 낙인찍힌 자가 자유인이 되는 건 아니다. 이번에는 아카데미라는 두 번째 법정이 배턴을 이어받아 그를 심사하고 단죄하는 임무를 수행한다. 이 공권력과 아카데미 사이의 연속성은 사실 하나도 이상하지 않다. 오늘날 아카데미는 누구나 알듯이 더 이상 진리탐구의 자유와 비판 정신이 지켜지고 구가되는 곳이 아니다. 거기는 이미 총체적 자본 시스템과 기득권 체제에 깊이 편입된 지식 권력 시장이며, 그 시장의 계율을 위반하면서 정신의 자유를 실현코자 하는 위험한 지식인은 가차 없이 배제 추방당하는 지적 이익단체일 뿐이다. 대학으로 복귀한 마광수가 이후 그 안에서 겪어야 했던 험난한 여정은 매우 당연한 일이었다.

끝으로 아카데미와 마찬가지로 기득권 사회의 이데올로기를 생존 논리로 내면화한 매체들과 그들의 충실한 소비자들인 소시민 대중이 있다. 자발적이고 비판적인 성찰은커녕 온갖 표피적 풍문과 가십들에 대해서만 저급하게 예민해진 취향을 지성이라 착각하는 이들은 마광수 희생 제의의 마지막 집행자들이다. 위반적 개인을 찾아내어 발 빠르게 우상화하는 것도 그들이지만 낙인찍힌 우상을 차가운 소외와 고립 속으로 가차 없이 용도 폐기시키는 것도 그들이다. 그렇게 폐기된 개인에게 남은 건 냉장고 깊은 곳의 버려진 과일처럼 차가운 망각 속에서 서서히 부식되다가 저절로 스러지는 일이고, 그로써 사회적 집단 처형은 누구의 손도 더럽히지 않으면서 마무리된다. 그것이 마광수 선생의 자살이라는 강요된 자기 처형의 진실이다. 그런데 또 하나 주목할 것이 있다. 그건 이 끔찍한 진실마저도 다시 재용도화하려는 일련의 징후들,《즐거운 사라》다시 읽기 내지 마광수 문학의 재평가 운운의 몰염치한 움직임이 그것이다. 르네 지라르라면 희생 제의에 뒤따르기 마련인 공동체의 집단죄의식과 속죄의식을 말하겠지만 과연 그런 것이 오늘 우리의 사회 안에 남아 있을까.

그러면 마광수라는 한 위반적 개인을 성공적으로 추방한 뒤에 우리가 잃고 얻은 것은 과연 무엇일까. 잃어버린 것—그것은, 적어도 내게는, 사춘기 마광수의 눈빛이다. 하지만 그 눈빛이 왜 마광수만의 것인가. 그건 우리 모두의 것, 한때 우리 모두의 안에서 눈뜨며 깨어났던 것, 장차 내 안에서 나만의 고유한 생이라는 꽃으로 피어나리라 믿었고 또 그랬어야만 했던 보편적이며 숭고한 자유정신의 새싹이 아니었던가. 그러면 그 눈빛을 희생시키면서 우리가 얻어낸 것은 또 무엇일까. 물론 누구나 애써서 내 것으로 성취한 삶이 있겠다. 하지만 이 시대 삶의 객관적 불행은 내가 성취한 삶이 나의 삶일 수 없다는 비극적 역설인지 모른다. 왜냐하면 무엇을 얻었든 그 삶이 자유와 위반의 정신을 양도하고 고착된 현실의 시스템을 내면화한 대가로 허락받은 삶이라면, 그 삶은 자발적 선택이 아니라 사회적으로 강제되어 부과된 부자유의 삶이기 때문이다.

결국 추방된 마광수도 안전하게 내포된 이들도 다 같이 사회적 패자일 뿐이다. 그러면 누가 승리하는 걸까. 그건 모든 이들을 패배자로 만드는 시스템과 메커니즘을 따라서 자동기계처럼 작동하는 구조적 희생 사회와 그 안에서 기득권을 유지하는 세력들이다. 물론 더 말할 것도 없는 건, 여전히 마광수의 눈빛이 양도되고 포기되는 한 희생 사회의 시스템과 거기에 기생하는 기득권 세력의 승리는 더욱 공고하게 구축되리라는 사실일 것이다.

27.

두 개의 바벨탑: 종교와 자본주의

명성교회의 목사직 세습은 코미디다. 돈과는 무관하다는 진리의 말씀으로 지어진 교회를 사유재산으로 제 핏줄에게 상속하는 날것의 코미디다. 그런데 이 뻔뻔스러운 소극 안에는 종교와 자본주의, 영혼과 물질의 동시적 부패라는 근대적 삶과 사회의 본질적 문제가 들어 있다.

본래 종교와 자본주의는 역사적으로 물과 기름처럼 하나가 될 수 없는 영역이었다. 종교는 고래로 금욕의 정신을, 자본주의는 그 태생부터 유물론적 욕망을 토대로 하는 인생관이자 세계관이기 때문이다. 그래서 우리가 배워온 세계사도 신이 주인이었던 고중세와 그 신이 죽으면서 시작된 근대 자본주의 세계를 엄중히 분리한다. 그러나 과연 그럴까. 근대사는 오히려 자본주의와 종교가 끝없이 착종되고 결탁하는 역사를 보여준다. 특히 루터의 종교개혁 이후 그러한 역사적 모순은 적나라한 모습을 드러냈다. 종교개혁은 루터 자신의 발등을 찍은 도끼였다. 그는 과거의 순수한 영성주의와 물질적 금욕주의를 복원하려 했지만 세상은 이미 그런 경건한 종교적 삶이 불가능한 초기 자본주의의 현실로 변모해 있었다. 루터가 자기 상실감 때문에 종교개혁 이후 깊은 우울증에 시달렸다는 건 널리 알려진 사실이다.

그러한 근대적 상황에 보다 현실적으로 착목했던 건 칼뱅이었다. 그는 시대에 순응하면서 자본주의를 기독교적으로 승인했다. 그것이 자본과 금욕을 교묘하게 봉합하는 청교도적 노동윤리다. 기독교인은 성실한 노동으로 돈을 많이 벌어도 된다. 하지만 돈은 자기가 아니라 신을 위한 것이므로 절약과 검소의 금욕주의 윤리 또한 지켜져야 한다. 나아가 절약된 돈은 축적된 자본이 되어 더 많은 자본 확장을 위해서 투자되어야 한다. 그것이 성실한 노동을 통해 증거 되는 신에 대한 믿음의 징표이기 때문이다. 하지만 그 윤리는 애당초 지켜질 수 없는 것이었다. 본래 구체적 역사를 외면하는 이데올로그들이 스스로를 지켜낼 힘이 없듯, 기독교는 세상의 새로운 신으로 등극한 자본주의에 기생하면서 자본의 시녀로 전락한다.

본래 기독교 교리는 죄-속죄-구원으로 이어지는 구조를 기반으로 한다. 하지만 자본주의가 된 교리에서는 마지막 단계인 구원이 잘려나간다. 구원이 배제된 교회는 자본주의 시장구조를 닮는다. 자본주의가 열심히 일할수록 빚만 쌓이는 부채 증식 구조이듯 구원이 생략된 기독교도 죄를 고백하고 속죄할수록 죄만 더 쌓이는 악순환 구조가 된다. 그런데 이 종교의 자본주의적 운명, 구원의 불가능성을 누구보다 잘 아는 사람이 사제다. 사제는 죄의 전문가이며 재테크 전문가이다. 그는 구원이라는 궁극적 이념을 잘라낸 죄의 생산력이 얼마나 거대한 자본축적의 유통시장이 되는지를 안다. 그는 죄를 상품화하고 교회를 그 상품이 유통되는 재테크 시장으로 만든다. 고래로 죄의 고백과 속죄는 그것을 증명하는 물질을 통해서 대속되어야 했다. 제물이 없는 죄의 고백은 신에게 받아들여지지 않았다. 죄만 남고 구원이 사라진 교회에는 물질의 대속만이 남는다. 대속의 제물은 화폐이고, 그 화폐가 종교 시장에서는 헌금이다. 대형 교회는 구원 없는 대속의 헌금들이 쌓아 올리는 재테크의 바벨탑, 자본의 마천루이다.

자본주의가 끝없는 확장만을 알듯 대형 교회의 바벨탑도 끝없는 상승만을 안다. 하지만 이 바벨탑은 바빌론의 바벨탑과 성격이 본질적으로 다르다. 바빌론의 바벨탑에는 여전히 인간이 닿고자 하는 신의 영역이 따로 있었다. 하지만 재테크 교회의 바벨탑에는 신의 영역이 없다. 있는 건 대속의 자본으로 끝없이 높아지는 구원 없는 죄의 바벨탑뿐이다. 이 바벨탑의 집념과 욕망은 막을 길이 없다. 그래서 바벨탑의 건축은 당대에 끝나는 것이 아니라 대대손손 이어진다. 그것이 세습이라는 대형 교회의 철면피한 코미디가 보여주는 속살이다.

그런데 여기서 한번 물어볼 필요가 있다. 이 대형 교회의 바벨탑은 도대체 무슨 목적으로 그토록 대를 이으며 높아지려는 걸까. 그건 구원 없는 제물의 탑을 쌓아서 신의 영역까지 자본으로 식민화하려는 건 아닐까. 그렇다면 끔찍한 결론이 얻어진다. 그건 대형 교회의 바벨탑이 불신의 절망 때문에 신마저 죄인으로 만들어 신을 없애고 종국에는 자기의 존재근거마저 없애려는 자기파괴의 탑이라는 사실이다. 그런데 이 점에서 종교는 자본주의를 그대로 빼닮았다. 일찍이 발터 베냐민은 자본주의의 뿌리는 원시적 광기이며 그 광기 안에는 자기파괴의 목적만이 존재한다고 말했다. 종교의 광기가 되어버린 대형 교회의 바벨탑은 자본의 광기가 지배하는 오늘의 종말론적 시대상을 고발하는 징표이기도 하다. (2017. 12.)

28.

꿈들의 사전

새해가 왔다. 새해가 오면 누구나 꿈을 꾼다. 도래할 시간의 숫자들만이 가득한 캘린더가 스케치북인 듯 그 위에 새로운 한 해의 꿈들을 그려 넣는다. 누구나 저마다의 꿈이 있고 그 꿈들은 서로 얼굴이 다를 것이니 캘린더 위에 그려지는 꿈들의 그림도 참으로 다양하리라. 사실 꿈이란 애초에 하나의 개념으로 정의될 수 없는 것이다. 그럼에도 그 무수한 꿈들을 분류해서 하나의 사전을 만들어본다면 어떤 꿈들의 사전이 만들어질 수 있을까.

우선 밤에 꾸는 꿈과 낮에 꾸는 꿈이 있다. 하기야 꿈은 잠 속의 세상이니까 낮의 꿈이라는 생각 자체가 어불성설처럼 여겨진다. 하지만 꿈이 반드시 잠 속에서만 존재하는 건 아니다. 사실 우리는 낮에 깨어서 더 많은 꿈들을 꾸는지 모른다. 사람들은 그걸 근거 없는 백일몽이라고 부르지만 백일몽이 반드시 덧없고 비정상적 현상인 건 아니다. 거리를 걸으면서, 차 안에서, 카페에서, 심지어 비즈니스

담화에 열중하는 사이에도 우리는 쉼 없이 눈앞의 목적과 상관없이 혼자서 흘러가는 무목적적 생각들, 몽상들의 흐름을 따라가지 않는가. 목전의 목적을 벗어나 어디론가 흘러가는 그 몽상과 꿈들 또한 그저 망상과 공상으로만 치부할 수는 없다. 오히려 더 많은 생의 진실들이 그 꿈들 안에 간직되어 있는지 모를 일이다.

또 개인의 꿈과 집단의 꿈이 있다. 꿈은 일반적으로 개인이 내밀하게 자기 안에 품은 소망으로 정의되지만 그 꿈들이 과연 사적이고 개인적이기만 한 걸까. 누군가는 세상 사람들의 꿈들을 다 모아서 한 권의 책을 만들면 우리가 다 같이 무의식적으로 꿈꾸는 다른 세상의 지도가 만들어질지도 모른다고 말한 바 있었다. 하기야 장 보드리야르는 우리가 현실이라고 부르는 세상이 사실은 테크놀로지와 그 관제 기술들이 구축한 '상상된 현실의 세상'일 뿐이라고 말한 바 있다. 장자의 유명한 '호접몽' 에피소드 또한 꿈과 현실에 대한 선입견을 뒤집는 과감한 상상력을 보여주는 것이다. 그 함의야 어떻든 이들이 다 같이 말하는 건 홀로 꾸는 꿈들은 사적인 것만이 아니라 집단무의식적 소망의 표현이며 그래서 사람들은 저마다의 꿈을 꾸면서 또 그 무언가를 함께 꿈꾼다는 사실이다. 이 꿈은 무엇이며 알 수 없는 두 꿈의 미로 사이에는 어떤 아리아드네의 실이 이어져 있는 걸까. 이 끈을 찾는 일은 이기적으로 파편화된 오늘의 세상에서도 그 어떤 집단의 꿈, 보편성의 이념을 구상해보는 일이기도 할 것이다.

또 자연의 꿈과 도시의 꿈을 구분해볼 수 있다. 일반적인 공간 상상력은 도시는 삭막하고 자연 안에는 꿈이 있다고 이분화한다. 그래서 도시 안에 갇혀 지내는 이들은 누구나 자연에 대한 동경이 있고 그 동경은 아마도 꿈을 꿀 수 있는 공간에 대한 그리움이기도 할 것이다. 하지만 꿈이 반드시 현실의 외부로 상징되는 자연 안에만 있는 것은 아니다. 꿈은 오히려 우리가 갇혀서 살아가는 일상적 삶의 공간인 대도시 곳곳에 포진해 있기도 하다. 자연의 꿈이 소극적 도피라면 도시 안에서의 꿈은 적극적인 현실의 변화를 꾀하는 꿈이다. 그런 점에서 도시에서의 꿈은 일종의 '정치적 무의식'의 발현일 수도 있다.

끝으로 과거로 향하는 꿈과 미래로 향하는 꿈을 생각해 볼 수 있다. 물론 꿈의 본질은 언제나 불행했던 과거가 아니라 새로운 삶의 기획이 가능한 미래의 시간으로 향하는 소망이다. 하지만 과거로 역류하는 꿈, 지나간 시간들을 또 한번 되새김질하는 기억이라는 꿈도 있다. 과거의 시간들에 대한 냉엄한 질문과 성찰 없이 내일의 새로운 꿈이 기획되고 실현될 수 있을까. 과거의 꿈들이 역사 속에서 왜 매번 배반당하고 무너질 수밖에 없었는지, 우리가 품었던 미래에 대한 간절한 꿈들이 왜 더 나쁜 환멸만을 가져다주었는지 기억하고 묻지 않은 채 그려지는 미래의 꿈은 또 한번 반복되는 불행한 과거가 될 뿐이다.

사람은 누구나 꿈을 꾸면서 산다. 그러나 그 꿈이 점점 더 사적이고 이기적인 꿈으로 왜곡되고 왜소해지는 것이 오늘 우리 시대 꿈의 현실일 것이다. 그건 꿈속에 잠재하는 놀라운 변화의 폭발력 대신 꿈의 병적인 퇴행만을 불러올 뿐이다. 시대를 가름하는 전환점들은 여러 번 있었지만 우리는 사실 역사 안에서 꿈의 진정한 힘을 구체적인 현실로 실현해보지 못했다(촛불도 이 점에서는 한계가 있다). 아마도 그 꿈의 가능성은 개인의 꿈과 집단적 꿈, 나의 꿈과 공동체의 꿈이 서로를 발견하는 그 어떤 연결선 위에 있을 것이다. 그 연결선의 영역, 거기가 진정한 꿈의 고향이고 꿈들도 모두 그곳으로 돌아가고 싶으리라.

29.

예술을 추억하면서

미투의 홍수가 세상의 가면을 벗기고 있다. 그동안 위선의 가면 아래서 약자의 성을 짓밟고 유린했던 음란 폭력의 민낯들이 곳곳에서 드러나고 있다. 아직 뚜껑이 열리지 않은 제도권도 있지만 추세로 보아 그 속살 풍경을 들키는 일도 시간문제인 것 같다. 그런데 그 와중에서도 특별히 주목되는 현상이 하나 있다. 그건 예술이라는 고상한 제도권이 알고 보니 가장 헐벗은 음란 폭력의 난장이었다, 라는 사실이다. 그 까닭은 무엇일까.

오래된 전설 하나를 기억해보자. 호메로스의 《오디세이아》에 등장하는 세이렌의 이야기가 그것이다. 반은 새이고 반은 여자의 형상을 지니는 조류 인간 세이렌 자매는 인간의 두 원초적 감정인 매혹과 공포를 다 같이 상징하는 존재다. 지상에서 가장 아름다운 노래를 부르는 그녀들은 매혹적이지만, 그 노래에 취해 뱃길을 벗어난 항해자들의 생명을 빼앗는다는 점에서는 치명적 공포의 존재이기 때문이다. 세이렌의 신화 안에는 오늘 그 맨얼굴이 드러나는 아름다움과 폭력의 내밀한 관계가 이미 내포되어 있다.

세이렌의 텍스트는 두 가지 관점으로 읽을 수 있다. 우선 자연의 노예였던 인간이 어떻게 자연 위에 군림하는 강자가 되는가에 대한 이야기로 읽을 수 있다. 오디세우스가 누구도 극복하지 못했던 세이렌의 유혹에게 승리하는 건 그가 이미 이성적 영웅이었기 때문이다. 그는 이성의 차갑고 날카로운 칼날로 몸과 영혼이 온전히 하나였던 자기를 강자인 이성과 약자인 육체로 이분화한다. 그리고 그 이성의 단단한 밧줄로 자연의 노래를 따라가려는 육체를 마스트에 결박하는 책략을 통해서 세이렌의 유혹을 무력화시킨다. 오디세우스가 마침내 자연 위에 군림하는 권력자가 되는 건 스스로를 불구의 존재로 만드는 강자의 메커니즘을 철저하게 내면화했기 때문이다. 그리고 그렇게 내면화된 강자의 메커니즘은 이후 사회적 규범과 원칙이 되어 문명의 세상 안에 뿌리를 내리고, 그 끝판에 누구도 벗어날 수 없는 생존 메커니즘의 세상, 오로지 강자만이 살아남도록 고착화된 현대사회의 현실이 있다.

그러나 세이렌의 이야기를 또 하나의 관점으로, 즉 예술의 운명사로 읽는 일도 가능하다. 그럴 때 세이렌의 신화 텍스트는 예술의 탄생과 몰락의 행로를 보여준다. 세이렌 자매의 합창이 절창인 건 그것이 이성과 자연의 관계를 폭력적 권력이 아니라 비폭력적 화해로 노래하기 때문이다. 그런 점에서 요정들의 비폭력적 노래는 예술의 원형성이 무엇인지를 알려준다. 하지만 그들의 비극적 신화는 그 비폭력의 절창이 오디세우스의 이성적 책략과 폭력에 의해서 몰락하는 운명을 함께 보여준다. 몰락한 예술은 이후 권력의 시녀가 되어 강자의 폭력을 미화하고 합리화하는 정치적 도구로 전락한다. 문화예술계의 음란 폭력 또한 대리만족과 오락의 수단으로 전락한 사이비 예술의 누추한

맨얼굴이다. 세이렌과 함께 비폭력적 절창이 사망한 뒤에도 예술사는 길고 화려하게 이어지지만 그 모두가 사실은 예술의 몰락사일 뿐이다.

강자만이 인정받는 세상에서 약자는 즉각적인 혐오와 폭력의 충동을 불러일으킨다. 하지만 그 충동이 겨냥하는 정작의 타깃은 타자의 약함이 아니라 내 안의 생래적 약자성이다. 통제할 수 없도록 부드러운 약자성이 내 안에 있다는 걸 사랑하는 사람은 안다. 저 대책 없는 약자성, 사랑하는 것들과 비폭력적으로 하나가 되고 싶어 하는 내 안의 놀라운 섬세함과 부드러움을 모르는 사람이 누가 있을까. 그러나 강자만이 승리하는 삶의 메커니즘 안에서 그러한 약함의 부드러움은 용서받을 수 없는 약점일 뿐이다. 한 줌의 권력을 손안에 쥐었을 때 그것이 즉각 약자들에 대한 가혹한 갑질의 폭력으로 돌변하는 건 그것이 내 안의 생래적 약함을 기억시키기 때문이다. 강자들이 행사하는 갑질의 폭력은 모두가 자기에게 향하는 자해의 폭력이다.

예술은 생래적인 비폭력성의 표현이다. 그 표현의 형식들을 우리는 아름다움이라고 부른다. 하지만 오늘의 예술들은 비폭력의 아름다움이 아니라 '한 장의 달러보다 가벼워진 세상'○의 권력과 폭력에게 기꺼이 순종하고 복종한다. 그 구걸의 대가로 누군가들은 한 줌의 지위와 몇 푼의 금전, 음란한 향유의 티켓 몇 장을 얻어 갖기도 한다. 하지만 문득 신화의 먼 바다를 추억하면 지금도 오디세우스가 마스트에 묶여 있는지 모른다. 세상의 그늘진 곳곳에서 강자에게 폭력을 당하는 약자들처럼 입이 막힌 채 신음하는지 모른다. 이 침묵의 신음들에 귀 기울일 때다. 그것이 비천해진 오늘의 예술들이 귀 막아버린 세이렌의 절창이기 때문이다.(2018. 3.)

○ 에밀리 브론테

30.

대통령의 가난

가난하면 인색해지고 인색하면 수전노가 된다. 한때 세상은 수전노의 삶이 더는 필요 없는 세상을 유토피아라는 이름으로 꿈꾸었지만 그 꿈을 믿는 사람은 이제 없다. 온 세상에 자본이 넘치는데도 세상은 오히려 더 가혹한 가난과 궁핍의 디스토피아가 됐기 때문이다. 궁핍이 사라지지 않으면 수전노도 사라지지 않는다. 다만 세상이 달라지듯 수전노도 그 성격이 변할 뿐이다. 그래서 수전노의 삶에도 역사가 있고 과거와 오늘의 수전노를 비교해보면 그 사이에 엄청난 차이가 있다. 그 차이는 과연 무엇일까.

과거의 수전노는 굴비 수전노였다. 천장에 짠 굴비 한 마리를 매달아놓고 그걸 반찬 삼아 매 끼니를 때웠다는 옛 수전노의 일화는 유명하다. 심지어 찾아온 손님이 굴비를 자꾸 바라보는 것마저도 아까워했다는 이야기는 그의 인색함이 가히 어느 정도였는지를 짐작하게 한다. 그런데 이 지독한 수전노의 인색함에는 나름의 원칙이 있다. 그는 남들에게만 인색한 것이 아니라 자기에게도 똑같이 인색하다. 그의 인색함은 객관적이면서 공평해서 내적모순이 없다.

오늘의 자본주의 수전노는 다르다. 그 역시 원칙을 따라서 경제행위를 하지만 그 원칙은 이중적이다. 그는 자신과 자신의 족속들에게는 더없이 후하고 관대하지만 자기와 무관한 타자들에게는 단 한 푼의 금전도 아까워한다. 기부는 커녕 세금조차 능사로 떼어먹으면서 저와 제 족속들의 몸을 먹이고 입히는 일에는 과잉 소비를 넘어서 낭비도 마다하지 않는다. 그의 인색함은 이기적이고 불공평하고 자기기만적이다.

차이는 다른 곳에도 있다. 그건 그들이 살아가는 삶의 모습이다. 지나친 인색함은 사람을 병들게 하고 과거이든 오늘이든 수전노의 삶은 나름의 병리적 증상들을 드러낸다.

우리는 때로 신문을 통해서 평생을 인색하게 살아온 어느 굴비 수전노가 말년에 들어 전 재산을 사회에 기부했다는 미담을 읽는다. 이 미담은 한편 병리적이기도 하다. 그건 지나치게 자기에게 가혹했던 삶이 내적으로 반란을 일으키는 돌발 행동일 수도 있기 때문이다. 하지만 그 미담은 역시 아름답다. 그 이유가 히스테리 때문이든 어떤 경험적 깨달음 때문이든 그 미담은 한 사람의 삶이 그 끝에서 전혀 새로운 삶으로 전복될 수도 있다는 걸 입증하기 때문이다.

그러나 오늘의 자본주의 수전노에게서 그런 삶의 전복을 기대하는 건 어불성설이다. 그에게 삶의 일탈 같은 건 애초에 없다. 그에게는 오로지 철저한 앞날의 계산을 통해서 삶의 안전장치를 구축하는 목적주의적인 행동만이 있다. 있을지도 모르는 일탈의 위험성들은 당연히 사전에 차단된다. 그는 돌발 행동의 히스테리를 예방하기 위해서 정기적으로 신경정신과를 다니고 예기치 않은 파산에 대비하기 위해서 미리 보험에도 가입한다. 그렇게 다져진 건강한 심신으로 그는 자본주의가 강요하고 허락하는 안전한 삶의 일방통행로를 달려간다. 오늘날 아무도 이 일탈이 거세된 일방통행로로부터 벗어날 길이 없다. 세상은 점점 더 인색해지고 누구나 점점 더 자본주의적 수전노의 삶을 살아야 한다. 그 삶을 탓해서도 안 된다. 누구에게나 저와 제 족속의 삶이 우선이고 또 거기에 마땅히 책임을 져야 하니까.

하지만 그가 대통령이라면 얘기가 좀 달라진다. 돌이켜보면 우리에게는 두 명의 가난했던 전임 대통령이 있었다. 한 사람은 돈이 없어서 대학조차 포기했던 사람이고 또 한 사람은 어린 시절 시장에서 가판대를 메고 다녔다는 사람이다. 그들은 다 같이 한 나라의 대통령이 되었다. 그런데 그들이 지녔던 가난의 도덕은 영 달라 보인다. 니체의 분류를 빌리자면, 전자는 주인의 도덕주의자였고 후자는 노예의 도덕주의자였다.

노예의 도덕은 원한이 그 본질이다. 원한을 품은 자가 원한의 노예가 되듯이 돈으로 가난에게 앙갚음하려는 자는 돈의 노예가 된다. 그것이 후자가 가난을 통해서 배웠던 부의 모든 의미였고, 대통령이 되어서도 공과 사의 구분을 무시하고 맹목적으로 추구했던 사유재산 축적에의 가엾은 욕망이었다. 전자의 대통령은 그에 비하면 주인의 도덕주의자였다. 주인의 도덕은 그 본질이 화해다. 화해는 가난의 문제를 사적인 원한풀이가 아니라 사람다운 삶을 위해서 해결되어야 하는 공적인 정치 사안으로 받아들이는 일이다. 체험은 같아도 도덕은 다를 수 있다. 도덕은 달랐지만 두 대통령은 아쉽게도 저마다의 이유로 가난과의 싸움에서 패배했다. 하지만 패배가 가르치는 정치의식도 있다. 그건 좋고 나쁜 대통령을 가름하는 한 중요한 준거점

이 대통령의 가난과 그 도덕관이기도 하다는 사실이다.

(2018. 4.)

31.

《위대한 개츠비》의 위대함

미국사와 미국 소설을 공히 관통하는 모티브가 있다면 '사냥'이다. 소위 프런티어 정신을 앞세워 자행되었던 미국 번영사가 무자비한 신대륙 사냥기였듯 근대 미국 소설의 원조로 꼽히는 허먼 멜빌의 《모비 딕》 또한 거대한 백고래에 대한 처절한 사냥기라는 사실은 우연이 아니다. 그러나 미국적 사냥 본능이 현실과 소설 안에서 정점에 달했던 건 미국의 1920년대였다. 재즈와 알 카포네의 암흑시대로 불리는 1920년대 미국은 자본의 광기 시대, 곧 다가올 대공황의 재난도 모르는 채 온 세상이 자본이라는 짐승을 잡기 위해 날뛰었던 사냥 시대였다.

그 사냥터의 세상에서 버려진 세대들, '길 잃은 세대들(Lost Generations)'이 태어났다. 가진 것 없는 청년세대가 그들이었고 그 세대를 대표하는 두 작가가 헤밍웨이와 피츠제럴드였다. 두 작가는 미국의 후예답게 각자 새로운 사냥의 길을 떠났지만 그들이 포획하려는 사냥의 동물은 판이했다. 헤밍웨이가 잡고 싶은 사냥물은 아프리카의 초원과 쿠바의 바다로 상징되는 자연의 야생성이었다. 하지만 피츠제럴드가 포획하고 싶었던 동물은 자연이 아니라 문명의 심장부인 메트로폴리스에 있었다. 그는 그 도시의 동물을 찾아서 뉴욕이라는 자본주의의 정글 속으로 사냥을 떠났고 그 사냥기가 소설《위대한 개츠비》다. 그런데 한낱 자본의 사냥꾼이었던 개츠비는 왜 위대할까. 줄거리만 읽으면 그는 오히려 타락하고 어리석고 가엾은 청년이어야 옳다. 그런데도 소설은 개츠비를 위대하다고 부른다. 그 위대함이란 무엇일까.

우선 개츠비는 위대한 타락주의자이다. 그는 헤밍웨이처럼 자연으로 도피하는 대신에 타락한 시대의 현장인 메트로폴리스의 정글로 투신한다. 그는 타락의 현실을 온몸으로 받아들이는 냉엄한 현실주의자이며 그런 점에서 루카치가 말하는 문제적 투사이다. 그런데 동시에 그는 위대한 낭만주의자이다. 타락의 정글 안에서 그가 기필코 나포하려는 동물은 놀랍게도 이미 멸종해버린 순수한 사랑이기 때문이다. 이 엉뚱한 역설이 데이지와의 러브 스토리이고 그것이 소설을 불후의 순애보적인 멜로드라마로 만들지만 개츠비의 낭만적 위대함은 거기에 있지 않다. 그의 낭만적 위대함은 그런 사이비 순수가 아니라 오히려 비순수 속에 있다.

사실 이 낭만적 연애소설 안에 등장하는 인물들은 모두가 타락한 인물들이다. 개츠비와 데이지도 다르지 않다. 데이지가 자본이 만들어낸 허영과 사치의 인형이라면 개츠비는 그 부잣집 딸을 교두보 삼아 상류계급의 영역으로 진입하려는 속물적 연애꾼이다. 그런데 다름 아닌 그 속물적 연애 속에서 낭만주의자 개츠비가 태어난다. '지진계보다 예민한 낭만적 감각'과 '희망을 알아보는 탁월한 능력'을 타고난 개츠비는 데이지와 첫 키스를 나누던 순간, 비순수의 화신인 그녀에게서 아무도 믿지 않는 순수의 냄새를 맡는다. 그리고 타락한 데이지를 순수의 환으로 사랑하는 비극적 운명에 빠진다. 하지만 개츠비는 또 하나의 운명을 알고 있었다. 그의 순수한 환이 타락의 세상에서 실현될 수 없다는 것, 데이지가 마침내 그를 배신하리라는 것, 자신이 결국 속물적인 동부 토착 귀족들의 더러운 음모에 걸려서 목숨마저 잃고 말리라는 걸 이미 알고 있었다. 그러나 그는 자신의 환과 희망에 대한 의지를 포기하지 않는다. 오히려 그 불가능 속으로 더 깊이 투신한다. 그것이 타락한 낭만주의자 개츠비의 위대함이다.

그런데 또 하나의 위대함이 있다. 그건 개츠비의 위대함이 아니라 소설 자체의 위대함이다. 이 소설은 개츠비가 죽은 뒤 돌연 미국의 시원을 기억시키는 역사소설로 장르가 변한다. 죽은 개츠비 대신 신대륙에 처음 도착했던 네덜란드 청교도들이 주인공으로 등장한다. 죽음의 항해 끝에 마침

내 도착한 신대륙 앞에서 그들이 온몸으로 느꼈을 최초의 환, 새로운 역사와 미래의 약속으로 그들의 가슴 안에서 환하게 켜졌던 '초록색 불빛'과 더불어 소설은 끝난다. 그렇게 멜로드라마《위대한 개츠비》는 그 끝에서 1920년대 타락한 미국에 잃어버린 최초의 꿈을 환기시키는 비판적 역사소설로 다시 태어난다.

때로 역사 안에서는 초록색 불빛의 램프가 켜진다. 그러나 그 불빛들은 늘 현실로 타오르기 전에 환멸이 되어 스러지곤 했다. 지금 다시 초록빛 램프가 불을 켰다. 남북의 두 정상이 악수를 나누며 램프의 불씨를 점화했다. 물론 이 작은 불씨가 새로운 역사의 불꽃이 되기에는 수많은 장애가 있다. 아직은 모든 것이 불확실하고, 심지어 불가능할 수도 있다. 그럴수록 개츠비의 위대함을 기억할 때다. 새로운 세상과 삶의 환을 믿으며 불가능을 가능으로 바꾸기를 포기하지 않았던 한 낭만주의자의 단호한 의지를. (2018. 5.)

32.

찬란함을 기억하는 법

며칠 밤사이 폭우가 험하게 쏟아지더니 오늘은 거짓말처럼 날씨가 찬란하다. 아침 일을 마무리하고 늦은 산책을 나간다. 햇빛은 찬연하고, 대기는 투명하고, 아직 초록이 무르익지 않은 여린 나뭇잎들은 청결하고, 장난처럼 몸을 스치고 지나가는 바람은 가볍고 부드럽다. 벌써 더워진 대기 때문인지 조금 걸었는데도 이마와 몸이 땀에 젖는다. 나무 그늘 아래 벤치에 앉는다. 투명한 햇빛 속에서 점점 해맑게 달아오르는 세상의 풍경을 하염없이 바라본다. 어젯밤 내내 무거웠던 마음도 어느덧 무게를 잃고 가벼워진다.

그때 하늘 저편에서 한 떼의 새들이 나타난다. 새들은 청명한 하늘을 가로지르며 눈부신 햇빛 속을 몇 번 맴돌더니 일제히 가로수 그늘 속으로 날아들어가 몸을 숨긴다. 문득 궁금해진다. 왜 새들은 찬란한 햇빛을 마음껏 즐기고 누리는 대신 그늘진 나뭇잎들 사이로 성급히 숨어드는 걸까. 먼 곳으로부터 날아온 오랜 비행에 지친 탓일까. 달아오른 햇빛이 더워서 잠시 몸을 식히기 위한 걸까. 아니면 그늘 안에 모여서 주고받을 급한 소식들이 있는 걸까.

발터 베냐민이 남긴 아름다운 에세이 몇 줄은 대강 이렇다: "사랑에 빠져본 사람은 안다. 나를 더 오래 사로잡는 건 그 사람의 눈부신 아름다움이 아니라 오히려 그 사람의 못나고 아름답지 않은 부분, 얼굴의 주름살, 기미들, 낡은 옷, 비틀거리는 보행 같은 것들이라는 사실을. 그런데 왜일까. 왜 그 사람의 그늘지고 결점인 것들이 우리를 더 오래 사로잡는 것일까. 그건 찬란함 앞에서의 부끄러움 때문이다. 너무 찬란한 여름 햇살을 차마 견디지 못해 나무 그늘 속으로 숨어드는 새들처럼 우리는 너무도 빛나는 그 사람의 존재 앞에서 부끄러움으로 푸득거리면서 은신처를 찾는다. 그리고 그 사람의 그늘과 같은 장소, 육체의 주름살, 투박한 몸짓, 눈에 잘 띄지 않는 결점의 장소로 숨어들어 거기에 사랑의 환희와 부끄러움의 둥지를 틀게 된다. 세월이 지난 뒤에 우리가 그 사람의 찬란한 아름다움을 온전히 되찾게 되는 건 그 둥지에 대한 기억을 통해서이다."○

물론 이 아름다운 텍스트 깊은 곳에 함유되어 있는 건 벤야민 특유의 역사철학적 의미다. 하지만 여기서는 그냥 그의 사랑론에 대한 텍스트로만 읽어도 좋겠다. 그렇게 읽을 때 무엇보다 눈에 띄는 두 단어가 있다. '찬란함'과 '부끄러움'이라는 얼핏 어울리지 않는 두 단어다. 찬란함은 사랑의 환희가 그렇듯 충만한 빛의 체험이다. 그런데 찬란함에는 두 가지가 있다. 하나는 세상이 만들어내는 찬란함이다. 자본주의 세상은 찬란함의 세상이다. 돈, 명예, 지식, 상품 등등 성공과 행복을 약속하는 광휘로 충만한 세상이

○ 발터 베냐민, 《일방통행로》

다. 이 빛들의 환영 세계를 마르크스는 일찍이 빛의 주문에 도취당한 마술의 세상(판타스마고리)이라고 불렀다. 하지만 또 하나의 찬란함이 있다. 밤새워 폭우 지나고 찾아온 빛들의 충만함, 오늘 아침 풍경의 찬란함이다. 우리가 사랑의 환희를 찬란함이라고 부를 때 그것은 오늘 아침 풍경의 찬란함과 다른 것이 아닐 것이다. 그런데 모두가 충만한 빛들의 광휘인 이 두 찬란함의 차이는 정확히 무엇일까.

세상의 찬란함과 빛들은 소유욕을 불러일으킨다. 자본주의적 삶은 그 빛들을 내 것으로 만들기 위해 평생을 매진한다. 하지만 그 빛들은 구조적으로 소유 불가능한 빛이다. 그 빛들은 한 조각 소유하면 또 다른 빛들로 확대재생산되는 환영들이기 때문이다. 하지만 오늘 아침의 날씨와 같은 찬란함, 사랑의 찬란함이 우리에게 불러일으키는 건 소유욕이 아니다. 그건 햇빛을 못 이겨 날개를 푸덕이는 새들처럼 자기도 모르게 그늘을 찾게 만드는 부끄러움이다. 사랑의 환희 앞에서, 찬란하고 투명한 빛의 충만함 앞에서 더는 숨길 수 없는 누추했던 삶에 대한 부끄러움이다. 그때 우리는 새들처럼 그늘로 숨어들어 거기에 둥지를 튼다. 그리고 모든 절정의 찰나처럼 한순간 빛나고 사라질 덧없는 찬란함은 그 둥지 안에서 사라지지 않은 채 온전히 간직된다. 부끄러움이라는 파수꾼이 그 둥지를 지키기 때문이다.

빛과 그늘은 어디에나 있다. 세상 안에도 있고 자기의 삶 안에도 있다. 그늘보다는 빛을 사랑하고 밝은 곳을 찾아가는 것이 세상과 사람 사는 일의 당연한 순리다. 하지만 때로 세상의 그늘진 곳들을 눈여겨보는 일이 필요하다. 지금은 망각해버린 찬란한 세상에의 꿈을 거기에서 다시 기억할 수 있기 때문이다. 또 병든 몸처럼 삶이 처한 그늘진 곳을 새삼 돌아보는 일도 중요하다. 다름 아닌 거기가 그동안 살아보지 못한 다른 삶이 날개를 푸덕이는 둥지이기도 하기 때문이다. (2018. 5.)

33.

프루스트와 천상병

평생 사랑할 수 있는 책 한 권을 곁에 지니는 일은 행복한 일이다. 나에게도 그런 책이 있다. 그건 마르셀 프루스트의 《잃어버린 시간을 찾아서》이다. 그런데 근자에 들어 프루스트에 대한 오래된 고정관념이 좀 바뀌었다. 그건 문장 하나를 새롭게 읽으면서부터이다.

긴 대하소설의 마지막 권인 《되찾은 시간》 안에는 이런 문장이 들어 있다. "……이제 나는 죽음에 대한 생각을 먼저 통과하지 않으면 다른 아무것도 생각할 수가 없게 되었다." 이전에 이 문장은 프루스트의 고독한 말년과 생의 유한성에 대한 솔직한 성찰이 표현된 것으로 읽히곤 했었다. 하지만 지금은 그 문장이 꼭 그렇게 긍정적으로만 읽히지 않는다. 어쩐지 그 안에서 아직 화해되지 못한 미련과 한탄의 목소리가 들리기 때문이다.

프루스트는 19세기 프랑스 고급 부르주아의 아들로 태어나 평생 유복한 삶을 살았다. 있는 자들은 부럽게도 이승의 삶에서 참으로 많은 것들을 누리지만 그들 또한 언젠가는 말년의 삶과 마주하게 된다. 그럴 때 그들은 어떤 회한에 젖을까. 때로 우리는 평생 원 없이 누리며 산 자들의 말년이 보여주는 치졸하고 욕스러운 작태들을 목격하게 된다. 그건 더 오래 살아서 더 많은 것을 누리고 싶어 하는 그들의 노욕이 빚어내는 치졸하고 가엾은 말년의 모습일 것이다. 물론 노년의 프루스트를 그런 이들과 비교할 수는 없다. 그럼에도 불구하고 내내 금수저의 삶을 누렸던 프루스트에게도 세상과의 이별은 역시 아쉽고 한스러워 보인다.

그런데 이런 이들과는 전혀 다르게 세상과 이별하는 법을 알고 있는 사람도 있다. 시인 천상병이 내게는 그런 사람이다. 프루스트와 천상병은 비교할 수 없을 만큼 대척점에서 있는 삶을 살았던 인물들이다. 프루스트의 직업이 향유였다면 천상병의 평생 직업은 가난이었기 때문이다(그의 가난은 물질적인 것만이 아니다. 그건 그가 참혹하게 겪어야 했던 정치적 가난이기도 하다).

그런데 말년의 천상병은 자신이 살아온 가난한 삶이 '아름다운 소풍'이었다고 노래한다("나 하늘로 돌아가리라/이 세상 소풍 끝내는 날/가서, 아름다웠더라고 말하리라……"). 천상병의 시 안에서 우리가 만나는 건 궁핍에 지친 노인이 아니다. 그건 소풍을 갔다가 많은 선물들을 얻어서 기쁘게 집으로 돌아가는 한 천진스러운 아이의 모습이다. 그의 시 안에는 한탄과 아쉬움, 히스테리가 없다. 오히려 어떤 충족감이 있다. 이 충족감은 어디서 오는 걸까. 그는 모든 욕망을 체념하고 마침내 초월과 달관의 지경에 이르렀던 걸까. 물론 그럴 수도 있을 것이다. 그러나 내가 보기에 천상병에게는 한탄과 미련의 이유가 없다. 소풍 길에서 가득 선물을 얻은 아이처럼 얻고자 한 바로 그것들을 그는 모두 얻었기 때문이다. 부자인 프루스트는 얻지 못하고 빈자인 천상병은 얻어낸 그 선물들은 그런데 무엇일까.

우선 그건 '세상의 아름다움'이다. 아침의 투명한 이슬, 저녁의 장엄한 노을, 찬란한 대낮의 햇빛들에게 '저금통장 같은 건 없다'. 가난해서 아름다운 세상, 가난해서 찬란하게 빛나는 세상은 역시 저금통장이 없는 시인에게만 선물로 주어지는 축복의 세상이다. 또 하나의 선물은 '인생의 깊이'라는 선물이다. 반드시 구도자가 아니어도 생의 행복 중에 하나가 자기 생의 깊이와 해후하는 일이라면 그 행복 또한 가난한 시인에게만 주어진다. 생의 오묘한 깊이는 가난의 깊이를 통해서만 주어지는 역설적이며 숭고한 선물이기 때문이다.

그래서 시인은 저승 가는 여비조차 없는 자신의 바닥없는 가난을 한탄하다가 돌연 인생의 오묘한 깊이와 만난다("생각느니. 아,/인생은 얼마나 깊은 것인가"). 세 번째 선물은 세상의 아름다움과 생의 깊이를 통해서 열리는 '역사적 지평'이다. "새날이 와 새가 울고 꽃잎 필 때는/내가 죽는 날 그 다음 날"이라고 천상병의 〈새〉가 노래할 때 그의 시들은 한 가난한 시인의 사적인 영역을 넘어서 더 이상 가난이 존재하지 않는 보편적인 역사의 영역으로 확장된다.

그리고 마지막 선물이 있다. 그건 '바람'이다. 시인은 자신의 평생을 이렇게 노래한다: "살아서/좋은 일도 있었고 나쁜 일도 있었다고", 그러니 "바람아 씽씽 불어라"라고. 가난은 변주되어 씽씽 부는 바람이 된다. 이 바람은 거의 성스러운 선물이다. 그 바람은 아무리 가난해도 멈출 수 없는 바람, 생에 대한 총체적 긍정의 신바람이기 때문이다. 세상의 그 어떤 것도 생을 향한 이 유보 없는 사랑의 신바람을 잠재울 수는 없으리라. (2018. 6.)

34.

연탄곡이 흐르는 아침

방학이 되고 나서 대학생 아이의 아침 일상이 바뀌었다. 아침마다 피아노부터 잠깐 두드리고 나서야 하루 일과를 시작하는 것이다. 한때 피아니스트의 꿈을 지녔던 아이는 입시에 좌절한 뒤 과감하게 진로의 방향을 바꿨지만 피아노에 대한 애착마저 버린 건 아닌 모양이다. 덕분에 병중의 무거운 마음도 아침마다 들려오는 아이의 피아노 소리로 행복해진다. 그런데 오늘 아침은 두 배로 행복하다. 어쩐 일인지 아내도 건반 앞에 앉아서 아이와 함께 연탄곡을 치기 때문이다. 엘가의 〈사랑의 인사〉 그리고 파헬벨의 〈캐논 변주곡〉.

연탄곡 하면 떠오르는 얼굴이 있다. 말년의 아도르노 얼굴이다. 한때 아도르노 강의를 자주 할 때마다 수강생들에게 보여주던 사진이 한 장 있었다. 그건 피아노 앞에서 홀로 건반을 누르고 있는 노철학자의 사진이다. 외롭고 쓸쓸하기는 해도 사진 속 대철학자의 얼굴에는 그가 평생 걸어

온 지적 투쟁의 족적들이 지도처럼 그려져 있다. '인간은 왜 문명의 끝에서 다시 야만으로 돌아갔는가'라는 화두를 던지며 아우슈비츠 학살극의 기원을 묻고자 했던 《계몽의 변증법》, 그 치유와 대안의 철학으로 비폭력적 사유의 정초를 세우고자 했던 《부정 변증법》, 새로운 예술형식의 탐구를 통해서 권력과 지배가 없는 유토피아의 세계상을 재현하고자 했던 《미학 이론》에 이르기까지 아도르노가 비판이론이라는 이름으로 나날이 파시즘적 폭력 시스템이 되어가는 후기자본주의 사회에 대해서 가차 없는 비판 작업을 수행했다는 건 잘 알려져 있다.

하지만 그의 냉엄하고 가혹하기까지 한 비판 작업 뒤에는 깊은 낭만주의적 동경이 침묵으로 존재했었다. 그건 그가 유토피아라고 부르는 이상사회와 진정한 자유를 구가하는 자율적 주체에 대한 꿈이었다. 그 유토피아적 세상의 모습은 구체적으로 어떤 것일까. 아도르노가 그 낭만적 현실을 가장 선명하고 아름답게 보여준 건 난해한 개념들이 아니라 말년에 발표했던 〈다시 한 번 연탄곡을〉이라는 짧은 에세이 안에서다. 행복했던 자신의 유년에 대한 추억담이기도 한 에세이의 내용은 대강 이렇다.

"어린 시절 우리 집 거실에는 오래된 골동품처럼 낡은 피아노가 있었다. 어머니와 이모는 자주 그 건반 앞에 앉아서 연탄곡을 연주했다. 아직 악보도 읽을 줄 모르던 나는 어머니의 눈짓에 따라 가정용 연탄곡으로 편곡된 슈베르트와 베토벤의 악보를 넘기는 일을 말곤 했다. 어머니와 이모의 연탄곡이 흐르는 거실은 그때 내게 거실이 아니라 하나의 동화 세계였다. 하지만 더 기억에 남는 건 그 분위기가 아니라 어머니와 이모가 함께 연주하는 방식이었다. 두 사람은 무엇보다 악보에 적혀 있는 음표들의 지시 사항들을 정확하게 지켰고 그러면 그 규칙들이 두 사람에게 자기만의 독특한 감정들을 마음껏 표현하는 자유를 주고 있었다. 어린 시절 내가 연탄곡을 통해서 배운 건 음악의 기쁨만이 아니었다. 그건, 나중에야 알게 되었지만, 행복한 사회와 행복한 주체의 모습, 내가 꿈꾸는 미래의 세상이었다."

그러나 돌아보면 오늘 우리의 세상은 어떤 곳인가. 항공 재벌의 족속들이 내지르는 분노 히스테리의 괴성, 기쁨조가 되기를 강요당한 여승무원들의 애교와 칭찬 소리에 우매한 고래처럼 기분이 들떠서 터트리는 또 다른 항공 재벌 총수의 너털웃음, 마음껏 사랑하는 대신 마음껏 혐오하는 자유들만이 난무하는 양성 투쟁의 고성들, 편의점 안에서 저마다 하루의 연명을 지키기 위해 맞서야 하는 을과 을의 고통스러운 신음 소리……

아도르노의 꿈은 악몽이 되었다. 세상은 연탄곡이 흐르는 거실이 아니라 사회도 주체도 없는, 오로지 강자의 파시즘적 폭력만이 지배하는 야만적 수용소가 되었을 뿐이다. 그 안에서의 삶은 매일의 연명을 위해서 투쟁하는 21세기적 파충류들의 삶이고 그 원시적 생존 투쟁에서 벗어나는 길은 어디에도 없어 보인다.

그러면 이제 연탄곡이 흐르는 거실에의 꿈은 완전히 사라진 걸까. 아도르노는 말한다. "연탄곡은 사라졌어도 어느 고독한 사람은 남아 있을 것이다. 그는 홀로 연탄곡을 치지만 외롭지 않을 것이다. 그의 곁에는 악보를 넘겨주는 한 아이가 함께 있을 테니까." 어느 아침에는 세상의 소음들로부터 한발 물러서는 일도 필요하겠다. 그러면 한 아이를 만날 수 있을지 모르겠다. 너무 지쳐서 꿈 같은 건 다 잊어버린 우리 안에서 여전히 해맑은 얼굴로 꿈의 악보를 넘겨주는 늙을 줄 모르는 아이와 해후할 수 있을지 모르겠다. 오늘 아침 특별히 행복한 건 오래 잊었던 이 아이에 대한 새삼스러운 기억 때문일 것이다. (2018. 7.)

35.

부드러운 악

누구나 알듯이 아렌트는 악을 두 종류로 구분했다. 하나는 종교가 상상했던 악이다. 중세가 사탄이라 명명했던 이 악은 특별한 악, 흉측한 악, 그로테스크한 악이었다. 그래서 뒤러는 그 악을 흉악한 용으로 그렸고 보스는 징그러운 곤충 떼들로 그렸다.

아렌트는 그러나 또 하나의 악, 현대의 악, 평범한 악을 발견했다. 현대의 악은 전혀 특별하지 않다. 오히려 너무도 평범해서 아렌트가 충격을 받았다는 아이히만의 얼굴처럼 범속하며 일상적인 악이다. 아렌트는 그 악의 평범성을 도덕이 상실된 현대사회의 징표로 보았다. 하지만 평범한 악이 오늘에도 유효한 악 개념일까. 아니면 그사이에 악은 더 진보해서 새로운 악의 얼굴을 가지게 된 것일까.

사실 아렌트의 악 담론 뒤에는 서구의 도덕철학적 전통이 있다. 칸트와 소크라테스의 도덕론이 그것이다. 계몽주의

자인 칸트에게 근대적 인간은 모두가 도덕적 주체였다. 계몽된 근대인은 보편 이성에 따라서 옳고 그름을 구분하고 행동하는 도덕적 주체이기 때문이다. 그런데 아이히만은 다름 아닌 이 보편주의를 앞세워 자신의 무죄성을 주장한다. 그에게 나치의 가치관은 절대 보편적 가치였고 그래서 그는 그 보편주의에 따라서 생각하고 행동할 수밖에 없었다는 것이다. 따라서 이제 이스라엘 법정이 새로운 보편 가치를 준거로 내세우며 그에게 죄를 묻는다면 그건 보편주의에 어긋나는 어불성설이라는 것이다.

아이히만의 주장에 맞서서 아렌트는 새로운 도덕론을 제시한다. 그것이 소크라테스의 도덕론이다. 소크라테스의 도덕론은 도덕적 행위의 준거를 보편 이성이 아니라 양심이라는 개별적인 감수성에서 찾는다. 부당한 악행들 앞에서 인간을 행동하게 하는 건 보편 이성이 아니라 선한 양심이 순간적으로 발현되는 '도덕적 감수성(moral sensibility)'이라는 것이다. 이에 따르면 보편주의를 앞세워 자신의 무죄성을 주장하는 아이히만의 주장은 거짓일 수밖에 없다. 비록 보편적 체제 안에 있었지만 그 체제성을 초과하며 언명하는 도덕적 감수성의 목소리를 그는 의도적으로 외면하고 기만했기 때문이다.

아렌트는 악도 진보한다는 걸 알았다. 그래서 그녀는 종교적 악을 평범한 악으로 대체했고 그 평범한 악을 다시 소크라테스의 양심 도덕론으로 방어했다. 하지만 여전히 유대교적인 그러한 양심론이 간과하지 못했던 또 다른 악이 그때 이미 배태되고 있었다. 그건 평범한 악과 도덕적 양심을 넘어서는 새로운 악, 즉 부드러운 악이었다. 예컨대 수용소에서 근무한 나치 무장 친위대(SS)들은 비합리적인 악인들이 아니라 선과 악의 경계를 잘 아는 합리주의자들이었다.

그들은 너무도 합리적이어서 아렌트의 평범한 악에서는 구분되어야 했던 합리성-비합리성, 선-악의 경계선도 필요에 따라 얼마든지 넘나들 수 있었다. 모순과 갈등들은 양심의 갈등을 일으키는 대신에 그들의 내면에서 흐르는 물처럼 부드럽게 용해될 수 있었다. 그래서 그들은 유대인들을 가스실로 보내고 집으로 돌아오면 온화하고 부드러운 남편과 아버지로 돌아갈 수 있었다. 심지어 수용소장인 회스는 옥중 회고록의 말미에서 너무 공무에 열중한 나머지 가족을 등한시했던 일이 가장 한스럽다고 고백할 수 있었다.

오늘의 악은 더 이상 평범한 악이 아니다. 선과 악의 경계를 알고 있지만 그에 대한 생각을 포기하거나 도덕적 양심을 외면하는 그런 의지적인 악이 아니다. 오늘 우리의 현실을 암묵적으로 지배하는 악은 선악의 경계가 지워진 악, 양심 자체가 이익을 따라서 선과 악의 경계를 자유로

이 넘나드는 부드러운 악이다. 여자에 대한 사랑과 폭력 사이를 부드럽게 넘나드는 남자들, 돈과 복음 사이를 유연하게 건너다니는 자본주의 사제들, 약자들을 가엾어하면서도 내 동네로 들어오는 혐오시설은 결코 용납하지 않으려는 사이비 시민들, 공적 권력과 사적 축재 사이를 넘나들었던 전임 대통령 등등의 사례들이 이 시대의 새로운 악, 유연하고 부드러운 악의 전형적인 얼굴이다.

여전히 상식처럼 회자되는 악의 평범성이라는 개념은 이 부드러운 악의 변신 앞에서 이미 시효를 다했거나 수정이 필요해 보인다. 세상이 빠르게 변하듯 악들도 빠르게 변한다. 랭보의 선언처럼 사유는 세상의 속도보다 더 빨라야 하지 않을까. 그래야 세상 안에 팽배한 악의 세력들과 그나마 겨우 맞설 수 있지 않을까.

P.S.

아렌트의 악 담론은 사실상 악의 존재가 아니라 선의 존재를 증명하기 위한 도덕적 담론이었다. 즉, 평범한 악 이론은 소크라테스가 간파했던 도덕적 감수성, 인간에게 선험적으로 주어진 선한 양심을 통해서 그 평범한 악의 보편성을 부정하기 위한 담론이었다. 하지만 여전히 유대교적인 그러한 양심론이 오늘의 현실에도 가능할까. 아니면 오늘의 도덕적 현실은 아렌트의 양심론으로는 더 이상 간파할 수 없는 새로운 악의 현실이 되어버린 것일까.

(2018. 8.)

36.

날씨에 대하여

오늘의 날씨

"연휴의 마지막 날인 오늘 전국의 하늘은 구름 한 점 없이 쾌청하겠습니다. 기온도 포근해서 나들이하시기에 좋겠습니다. 다만 맑은 날씨 속에 대기가 점점 더 메마르고 있어서 불이 날 가능성이 높은 만큼 불씨 관리 잘해주시기 바랍니다. 전국에 비 소식도 있습니다. 내일부터 주말까지 길게 비가 이어질 것으로 전망됩니다."

날씨는 정보만이 아니다. 징후이기도 하다. 정보가 사실 내용을 말한다면, 징후는 진리 내용을 말한다. 정보와 징후의 내용은 외연상 크게 차이가 없다. 둘은 동일한 현상에 근거하기 때문이다. 예컨대 '오늘 날씨는 쾌청하지만 대기가 메말라서 화재 위험이 있으며 이어서 긴 비가 시작될 것이다'라는 일기예보는 정보와 징후를 다 같이 가능케 하는 팩트다. 그러나 정보와 징후를 읽어내는 독법은 서로 다르다.

정보는 단속적이고 파편적인 독법, 현상적 사실들의 연결일 뿐이다. 징후는 연속적이고 종합적인 독법, 단순한 현상들을 수수께끼로 응시하고 그 답을 얻으려고 하는 독서법이다. 정보는 즉각 읽혀도 징후는 쉽게 읽히지 않는다. 정보는 과일처럼 한 겹을 벗겨내면 곧 속살이지만 징후는 양파처럼 겹을 벗기면 속살이 아니라 또 다른 징후가 들어 있기 때문이다(징후는 그래서 징후다).

마찬가지로 날씨와 같은 자연의 징후 또한 자연의 법칙만을 말하는 것이 아니다. 그 법칙이 또 다른 것의 징후를 내포한다. 날씨의 징후는 무엇에 대한 징후인가? 여기에 답하는 건 어렵다. 분명한 건 그 답을 얻자면 자연은 제 범주를 떠나서 자기와는 무관한 영역과 관계를 맺어야 한다는 것이다. 그것이 역사다. 날씨의 징후란 결국 자연과 역사 사이의 암호문이다. 날씨의 징후를 읽는 일은 다름 아닌 이 암호문을 해독하는 일이다. 아도르노는 이 암호문을 변증법적으로 번역해서 이렇게 말한 바 있다. "자연은 자연이 가장 역사적일 때 자연이며, 역사는 역사가 가장 자연적일 때 역사다."

오늘의 날씨

"인간다움이 무엇보다도 중요한 일이에요. 그것은 확고하고 명쾌하며 명랑하다는 것을 의미하지요. 그래요. 무슨 일이 있더라도 명랑하다는 것을요. 흐느끼는 것은 약하다는 표시예요. 인간답다는 것은, 꼭 그래야 한다면, 자신의 전 삶을 운명의 거대한 저울에 기꺼이 던져버리는 것을 의미해요. 그러나 그것은 동시에 화창한 날을 맞을 때마다, 아름다운 구름을 볼 때마다 그것들을 즐기는 것을 의미하기도 하지요."○

○ 로자 룩셈부르크, 〈편지〉

법, 복수, 돈의 관계는 복잡하다. 절대 법이 되어서는 안 되는 것이 있다면 그중에 복수와 돈이 있다. 법은 정의의 영역이기 때문이다. 그러나 법이야말로 복수와 돈과 착종되어 있다. 그것을 베냐민은 '죄의 굴레(Schuldzusammenhang)'라고 불렀다. 죄의 굴레란 속죄를 할수록 죄가 가중된다는 것이다. 법은 정의이고 복수는 죄이며 돈은 대속이다. 죄는 속죄를 요구하고 속죄는 대속을 요구하고 대속은 구원을 불러온다. 그런데 대속은 구원이 아니라 오히려 죄를 다시 불러낸다. 대속이 정의를 가져오는 것이 아니기 때문이다. 즉 대속의 요구가 법의 정의를 구현하는 건 아니다. 정의는 교환가치가 아니기 때문이다. 정의가 교환가치일 때 법은 정의가 아니라 복수의 수단이 된다. 정의가 수단이 될 때 정의는 죄가 된다. 법이 끊임없이 죄의 축적만을 가져오는 건 그 때문이다.

오늘의 날씨

"봄이 실종된 듯한 날씨입니다. 때 이른 한여름 날씨가 길게 이어지고 있는데, 오늘도 불볕더위가 기승을 부리겠습니다. 서울 낮 기온이 33도까지 올라 올해 들어 가장 높은 기온을 기록하겠고요. 그 밖의 서쪽 지방도 대부분 30도 안팎까지 오르겠습니다. 때 이른 더위는 내일까지 이어집니다. 모레 전국에 비가 내리면서 수그러들 전망입니다."

날씨는 때로 자기를 초과한다. 그리고 다시 자기에게로 돌아온다. 그러자면 반드시 비가 내려야 한다. 비는 그렇게늘 무언가를 말한다. 무슨 일이 일어날 것이라고 경고한다. 그러나 비가 내려도 세상에서는 아무 일도 일어나지 않는다. 누군가가 죽어도 세상은 하나도 안 변하듯이. 그래도 비는 계속 내릴 것이다. 그래도 사람들은 계속 이름없이 죽을 것이다. 이 덧없고 끝없는 반복만이 어쩌면 유일한 희망인지 모른다는 듯이. (2018. 9.)

37.

머나먼 코리아

얼마 전 노인분들께 인문학 강의를 하다가 영화 하나를 보게 되었다. 수년 전 소위 국뽕 영화로 구설수에 올랐던 〈인천상륙작전〉이다. 그때는 아예 포기했다가 이제 와 일 때문에 제대로 보니 말 그대로 뻔한 1970년대식 이데올로기가 씁쓸한 영화였다. 그런데도 한 장면이 오래 마음에 남았다. 그건 조국을 지키고 싶다고, 싸울 수 있도록 무기를 달라고 맥아더 장군 앞에서 눈물로 외치는 어느 소년병의 얼굴이다. 그 얼굴이 먼 기억 속의 얼굴 하나를 마음 안으로 불러들였다. 아주 오래전 유학 시절의 이야기, 생각하면 슬픈 한 여자에 대한 기억이다. 더 정확히 그녀의 불행한 사랑에 대한 기억이다.

그녀는 나이도 많았지만 사람 만나는 일도 힘들어해서 늘 혼자였다. 어쩌다 학생 식당에서 말을 텄는데 서로 처지가 비슷했던지 이후 자주는 아니었어도 연락을 하며 만나곤 했다. 그녀는 어쩐지 늘 울적해 보였고 사연이 있어 보였지만 물어볼 수 없었다. 그런데 자주 보다 보니 조금씩 사정을 알게 되었다. 그녀는 사랑의 상처를 가지고 있었다. 다른 도시의 유학생과 오랜 연애를 했는데 듣고 보니 미련한 사랑이었다. 나이 차이가 꽤 많은 연하의 남자였고 고전적인 그녀가 그를 위해 많은 희생의 공을 들였던 사랑이었다. 남자는 똑똑했고 얼른 공부를 마치고 귀국했고 돌아가서도 인정을 받아 곧 큰 대학에 취직이 되었다. 그런데 차츰 연락이 뜸해지더니 어느 날 대학 이름과 소속 직위가 찍힌 편지가 도착했다. 결혼한다는 소식이었다. 할 말을 잃었던 나에게 그때 그녀는 웃으면서 말했다. 무서워요, 라고.

어느 해 크리스마스가 되었을 때 그녀와 함께 아일랜드를 방문할 수 있었다. 그사이에 그녀는 아일랜드 남자를 어설프게 만나고 있었고 나도 덩달아 그와 친구로 지내던 중이었다. 남자는 그녀를 몹시 사랑하는 것이 분명했지만 그녀는 아직 엉거주춤인 것 같았다. 나야 깊이 상관할 일이 아니어서 모른 체했다. 자기 고향으로의 초청은 아일랜드 청년에게 프러포즈 같은 것이었고 그녀도 그것을 알고 있는 것 같았다. 하지만 그녀는 나에게 동반을 제의했고 나야 좋은 기회여서 승낙했다. 말하자면 호위병 자격이라고나 할까. 그런데 그녀는 그때 아일랜드와 코리아 사이에서 망설이고 있었던 것 같다. 남자의 사랑을 받아들일 것인가 곧 공부를 마치고 귀국해야 할 것인가의 선택 앞에서.

조이스에게 담뿍 매혹되었던 나에게 아일랜드 방문은 많은 추억을 주었다. 하지만 지금도 기억에 남는 건 조이스의 더블린과 더불어 한 아일랜드 노인이다. 친구의 큰할아버지였던 그는 한국전쟁의 UN군 참전 용사이기도 했다. 그는 함께 식사를 하면서 젊은 시절의 '코리아'를 그리워했다. 그의 먼 추억 속에서 지구 저편의 나라 코리아는 비록 전쟁의 폐허이기는 했어도 여전히 아름답고 친절하고 예의바른 나라였다. 언제고 반드시 한번 다시 찾아가고 싶은 '원더풀 랜드'였다.

그녀는 돌아와 공부를 끝냈고 아일랜드 청년 대신 귀국을 선택했다. 출국 준비를 도와주며 폐품들을 쓰레기장으로 옮기다가 그 안에서 우연히 편지 뭉치를 보았다. 꽤 많은 편지들은 오래전 남자와의 연애편지들이었다. 그것들을 쓰레기통에 넣으며 그녀가 그를 잊은 건지 아니면 아직도 그리워하는 건지, 나는 알 수가 없었다. 그 뒤로 몇 번 소식이 오고가다가 끊어지기 전에 그녀가 보내온 한 편지 안에는 이렇게 써 있었다. 여기는 내 나라인데 남의 나라 같아요. 사는 게 너무 무서워요.

그녀가 두려워했던 '내 나라'는 어떤 나라였을까. 그 나라는 사랑 대신 배신을 선택하고, 약자 대신 강자를 추앙하고, 희생자 대신 영웅을 찬양하고, 평화 대신 전쟁의 위기를 정치화하는 그런 나라가 아니었을까. 어느 외국인의 원더 랜드가 아니라 나날이 많은 이들이 살 수 없어 떠나고 싶어 하는 또 다른 전쟁과 폐허의 나라가 아니었을까.

마지막으로 슬픈 사실 하나를 여기서 말하는 게 옳겠다. 몇 년 뒤 귀국한 나는 그녀가 긴 투병 끝에 세상을 떠났다는 소식을 친지로부터 들을 수 있었다. 지금도 그녀를 기억하면 마음이 전처럼 아프다. 아일랜드는 아니어도 머나먼 어느 나라에서 그녀가 무서움 없이 편안했으면 좋겠다. 다시 그녀의 명복을 빈다. (2018. 10.)

38.

무덤에의 명령 앞에서

“법은 나를 속였다. 법은 내게 가만있으라고 명령했다. 그러면 살려주겠다고 했다. 나는 가만있었다. 가만있었더니 법은 나를 버렸다. 나는 법에게 속아서 죽었다. 죽으면서 나는 깨달았다: 법은 나를 지키고 보호하는 것이 아니라 나를 버리고 죽이는 폭력이라는 걸. 또 나의 꿈이 무엇인지를 깨달았다: 법이 없는 나라, 폭력이 없는 나라, 그런 나라에서 살고 싶은 것, 그것이 나의 꿈이라는 걸. 그 꿈은 이뤄졌다. 나는 죽어서 여기로 왔다. 여기는 무덤이다. 나는 무덤에서 살고 있다. 무덤은 법이 없는 곳, 폭력이 없는 곳이다. 나는 여기에서 지극히 안전하고 평화롭다. 그래서 자주 책에서 눈을 들어 창밖으로 무덤 나라의 풍경의 바라보다가 나는 자신도 모르게 중얼거린다: “아, 세상은 평화롭구나. 참으로 평화로워……”○

○ 로베르토 볼라뇨, 《칠레의 밤》

그런데 오늘 아침 그 평화가 깨졌다. 누군가 무덤의 문을 노크하는 소리가 들렸다. 나가보니까 사람은 없고 우편물 하나가 문 앞에 놓여 있었다. 열어보니까 법정으로 출두하라는 법의 명령서였다. 명령서의 내용은 다음과 같았다: "우리는 당신을 법의 이름으로 고발합니다. 우리는 당신을 속여서 살해했습니다. 그런데도 당신은 우리를 고발하지 않았습니다. 당신은 정의를 훼손했습니다. 당신의 권리를 수호해야 하는 책임과 우리를 고발해야 하는 임무를 지키지 않았습니다. 그러므로 법은 당신을 고발하기로 결정했습니다. 당신은 당신의 죄에 대해서 판결을 받아야 합니다. 따라서 우리는 법의 이름으로 법정에 출두할 것을 당신에게 명령합니다."

나는 출두 명령서를 읽고 금방 알았다. 이건 법의 꼼수다. 법은 이제 이 무덤의 나라마저도 자기의 영토로 삼으려 한다. 만일 내가 출두에 응하면, 나는 이 법의 꼼수를 도와

주게 된다. 명령서가 여기까지 배달되고, 수신되고, 죽은 사람마저도 법정으로 호출할 수 있다는 법의 권력을 스스로 증명하게 된다. 그러나 응하지 않으면? 그러면 나는 그들의 말대로 범죄자가 된다. 나의 정의를, 나의 무죄성에 대한 권리의 수행을 스스로 포기하게 된다. 범죄자는 그들이 아니라 내가 된다. 법의 꼼수는 교묘하다. 내가 무엇을 선택하든 결과는 그들에게 유리해지고 내게는 불리해진다.

이제야 나는 깨닫는다. 나는 잘못 생각했었다. 이 무덤 나라마저도 안전지대는 아니다. 법은 이 나라까지도 침범해 들어왔다. 그리고 또 가만히 있으라고, 시키는 대로 하라고, 명령을 수행하라고, 나에게 명령한다. 나는 햄릿처럼 출두 명령서 앞에서 고민한다. 명령을 수행할 것인가 거절할 것인가, 이것이 문제다. 어떻게 할 것인가. 어떻게 이 법의 꼼수를 빠져나갈 것인가. 명령서 앞에서 나는 고뇌한

다. 고뇌하고 또 고뇌한다……○

○ 전시 〈명령과 수행〉 발제문

39.

오해를 통과한 진실

진실은 오해를 통해서만 도달된다. 그 한 예. 늘 이등만 하는 사람이 있다. 그러나 세상은 일등에게 모든 것을 다 주기 때문에 이등만 하는 그는 세상에서 늘 실패만 한다. 그러나 그는 좌절하지 않고(그 불굴의 의지 또한 인구에 회자하는 진리이므로) 일등이 되기 위해서 있는 노력을 다 쏟는다. 그러나 결국 그는 한 번도 일등이 되지 못한다. 생이라는 주머니 안에서 시간이 거의 다 소진되었을 때 그는 곰곰이 반추한다: 도대체 무엇이 나를 이등 인생으로 만들었던가에 대하여. 그리고 그 반추 과정을 다 통과했을 때 그는 진실을 인식한다. 그것은 오해였다고. 일등과 이등 사이에 어떤 필연적인 이유와 기준이 있었다는 믿음, 그것이 그를 영원히 이등으로 만든 정작의 원인이었다는 걸 그는 깨닫는다. 일등과 이등을 가름하는 건 그가 믿었듯 공정한 기준이 아니다. 그건 그저 나누는 자들의 우연한 선택이었을 뿐이다. 그들은 그때그때 상황과 필요에 따라서 일등과 이등을 나누었을 뿐이었다. 그래서 그가 비록 일등의 자격이 있었다고 해도 반드시 일등이 되어야 하는 것은 아니며 이등에 소속되었다고 해서 일등이 못 되었을 이유도 없었던 것이다. 그러나 그는 일등과 이등은 분명한 차이를 지니는 것이며 그 차이는 공정한 기준으로 측정되는 차이라고 오해했었던 것이다. 이 오해가 그의 삶을 이등 인생에 묶어둔 끈이었다. 그러나 그 끈은 아리아드네의 끈이다. 그 오해의 질긴 끈을 풀어 그는 세상의 진실을 찾아갔다.

(2001. 5.)

40.

인문학의 몰락

한국 인문학의 몰락은 두 가지 때문이다. 하나는 관이 인문학을 관리시스템 안에 묶으려 하기 때문이다. 그것이 돈을 풀어서 대학들을 직업훈련소로 만들고, 대학기업들은 그 미끼들을 따먹기 위해 아카데미를 직업양성소로 타락시키는 교육의 시장화 현상이다. 또 하나는 인문학 종사자들 자신이다. 그들은 소위 대중 강연, 자기계발서, 나아가 사이비 비판서들을 통해서 인문학을 무력화시킨다. 소위 인문학 열풍이라는 가난하고 치졸한 유행 인문학 시장이 그 현장이다. 이러한 상황이어서 인문학은 열풍이라는 이름으로 씨가 마른다. 그런데 이렇게 모두가 합해서 인문학을 말살시키려는 이유는 무엇일까. 얼굴들은 달라도 사실은 모두가 친자본주의자들인 이들이 그토록 단합해서 인문학의 목을 조르는 이유는 과연 무엇일까. 그리고 그렇게 목을 조른다고 과연 인문학은 사망에 이르게 될까. 이들의 어리석음은 인문학을 규정할 수 있고 소유할 수 있고 나포할 수 있고 그래서 붙잡아 사망케 할 수 있다고 믿는 데 있다. 인문학은 육체다. 그건 다시 말해서 인문학은 영혼이며 정신이라는 말이다. 육체와 정신 그리고 영혼은 서로 헤어질 수가 없다. 그래서 그것들은 인간이라는 이름으로 언제나 함께 존재하고 활동한다. 그래서 인문학 안에는 생래적 저항성이 들어 있다. 인문학이란 억누를수록 저항이 되고, 감길수록 떠지는 눈이다. 인간을 오로지 먹고사는 일에만 종속된 자본의 노예로 만들려고 할수록 인문학, 즉 인간은 무엇인가, 라는 질문은 다름 아닌 그 종속 때문에 물음표를 발견한다. 그건 피할 수 없다. 정신에 앞서 육체가 있었고 육체는 동시에 정신이기 때문이다. 인문학의 반란성이란 그런 것이다. 이 반란성은 결코 잠드는 것이 아니다. 이 무지가 지금은 국가, 대학, 자본 지식인이라는 이름으로 주인 노릇을 하고 있다. 그러나 무지한 자는 언제나 뒤늦게 진실을 알게 되는 법이다.

41.

애도와 정치

애도는 슬픔을 극복하고 생활로 돌아가기 위해서 치르는 산 자들의 제사가 아니다. 진정한 애도는 죽은 자들의 침묵을 듣는 일, 그 딱딱한 침묵을 깨고 그들이 간직했을 소망들에 귀를 기울이는 일, 아니 그들의 침묵에 말을 수여해주는 일이다. 침묵은 그들의 것이 아니라 우리들의 것이다. 애도는 산 자들의 말이 아니라 죽은 자들의 말을 통해서만 비로소 완수될 수 있는 슬픔의 작업이다.

그러한 애도는 어떤 애도가 되어야 할까. 그건 슬픔을 정치로 바꾸는 일이다. 우리가 인양하는 건 배와 죽은 자만이 아니라 다름 아닌 애도의 정치학이어야 할 것이다. 애도의 정치학은 죽은 자와 산 자의 연대로 비로소 가능해진다. 죽은 자는 산 자에게 진실의 경고를 보내고 산 자는 그 경고를 귀담아들으며 죽은 자들의 억울함을 풀어줄 수 있을 때, 그때에만 비로소 죽은 자도 산 자도 안전할 수 있을 것이다. 그러나 어느 역사 철학자가 말했듯 '적들은 아직도 끊임없이 승리하고 있다'. 적들은 지금도 시대의 심장부들, 정치와 경제, 사회와 문화 곳곳에서 진실들을 끊임없이 침몰시키고 수장시키고 있다. 인양은 바다에서만이 아니라 땅에서도 끊임없이 이루어져야 하는 정치적 의식이고 행위에 대한 다른 이름이다. 애도의 정치학은 그 진실들을 인양하지 않으면 안 된다. 그것이 세월호 인양의 진정한 뜻일 것이다. 그렇게만 세월호 가족들의 상처도 숨을 쉴 수 있게 될 것이다.

42.

자유와 혐오 사이

만일 여성혐오가 사실이라면 이 혐오감은 남자들의 두려움에서 비롯하는지 모른다. 이 두려움의 대상은 여성들로 대변되는 '자유에의 열망'이다. 오늘날 여성들이 보여주는 자유에의 열망은 실로 대단하다. 또 정당하다. 두려운 건 이 열망이 대단하면서 정당하기 때문이다. 그런 점에서 대여성적 남성의 지배의식은 자기를 변호하기가 힘든 상황으로 몰렸다. 여성혐오의 다양한 이유들 중에 그러한 남성에게 위기감을 가져오는 시대적 상황도 분명 큰 이유일 것이다. 그러나 여기서 기억해야 할 것이 있다. 그건 오늘날 여성들이 주장하는 자유에의 열망은 오래전에 미리 남성들의 그것이기도 했다는 사실이다. 해방은 여성들만의 요구가 아니라 앞서 남성들의 요구였고 그것의 실현을 통해서 남성들은 전근대적 권력들로부터 해방되었다. 그러나 그들의 해방은 진정한 해방이었을까. 그들의 자유에의 열망은 과연 실현되어 자유로워졌을까. 그것이 아니라는 사실은 오늘날 남성들의 현실이 증명해준다. 그리고 그

실패의 원인들 중에는 분명 그 자유에의 열망에서 여자들을 제외시켰다는 사실도 있다. 그들은 그들만의 자유를 위해서 싸웠다. 그래서 자유로워졌지만 자유에 실패했다. 누군가를 제외시키는 자유는 곧 그들 사이의 제외 법칙을 정당화하기 때문이다. 남성들의 자유에의 열망은 유감스럽게도 헛된 열망이었다. 그런데 오늘날 여성들의 자유에의 열망은 어떤 것일까. 그 열망은 남성들의 패배를 정확히 인식하지 않으면 안 된다. 아니면 남성들의 전철을 그들 또한 반복하지 않으면 안 될 것이기 때문이다. 남성들이 실패했다면 여성들이 나서야 한다. 그러나 여성들은 다른 자유의 길을 모색해야 한다. 그 길 중에는 남성/여성의 이분법이 아니라 '여성과 남성'일 것이다. 그리고 그 이름은 사회며 정치일 것이다. 혐오 투쟁은 도로만을 낳는다. 남성들만의 투쟁은 없다. 여성들만의 투쟁도 없다. 모두의 투쟁만이 있다. 그리고 그것만이 투쟁일 것이다. 왜냐하면 그 투쟁은 남녀 사이의 혐오전 역시 포함하는 진정한 적에 대한 투쟁일 것이기 때문이다.

43.

나비 잡기의 추억

누구나 어린 시절의 추억 안에는 나비가 한 마리씩 살고 있다. 철학자 베냐민의 추억 속에도 그런 나비가 한 마리 있다. 그는 어느 짧은 에세이에서 어린 시절 나비 잡기에 대한 추억을 말하고 있다. 그는 나비에게 현혹당했고 그 나비를 잡으려고 포충망을 어깨에 메고 들로 나갔다. 아름다운 나비는 잡히지 않고 그래서 더 매혹적이 되고 그는 종일 정신없이 뛰어다니며 포충망을 휘둘렀다. 하지만 나비는 날아가고 그는 실망만 가득 안고 집으로 걸음을 돌렸다. 돌아오는 길에 그는 비로소 발밑의 풀밭을 보았다. 풀들도 꽃들도 나비를 잡으려 뛰어다니던 그의 발밑에서 모조리 짓밟혀 있었다.

지난 총선의 진정한 승자는 국민의당이라고 많은 이들이 인정했다. 정치 현실이 엉망이 되면 새로운 당이 나타나고 이번에도 그랬다. 국민의당이 승리한 이유들에 대해서는 달아야 할 토들이 많을 것이지만, 그 당은 새로운 당답게 새로운 이념을 이슈로 제공했고 그 안에는 정직함과 깨끗함도 들어 있었다. 그 이슈는 차마 못 볼 정도로 탁해진 이 정권의 오염 현상에 등을 돌린 사람들에게는 그야말로 소독제이고 살균제였을 것이다. 그래서 그들은 비록 여전히 지방색을 담보로 삼기는 했어도 승리할 수 있었고 국회 교섭단체의 권위를 부여받았다. 그 승리는 또한 한 개인의 승리이기도 했다. 비례대표 7번이라는 행운의 숫자는 어느 여성 청년 기업가를 '국회사상 최연소 당선자'의 신데렐라로 만들어주었다. 그런데 이 꿈같은 승리들의 이면이 너무 빨리 드러났다. 리베이트를 통한 정치자금 수수가 그것이다. 드러난 이면의 형세는 갈수록 음험해지는 모양새다. 처음에는 당과 당사자가 음모론을 앞세우며 같은 길을 가는 것 같았지만 이제는 서로가 책임을 전가하는 각자도생의 길을 걷기 시작했다. 당권자들은 오래된 희생 제의를 통해서 꼬리를 자르려 하지만 당사자는 그런 왕따 전술에 동의하지 않는 것 같다. 그는 당연히 제 살길을 도모하는 것 같고 그건 당도 마찬가지여서 앞으로 남은 건 유감스럽게도 내부분열의 점입가경뿐인 것 같다.

이런 정치자금 장난질은 사실 하나도 놀라울 것 없는 오래된 구태다. 그런데 이번의 경우가 유달리 마음이 쓸쓸한 건 그 구태가 새로움이라는 한 이념 정당의 가면을 벗겼기 때문이고, 초년병이었던 그 당수가 수년간 이념을 앞세워 정치 공간에서 자기를 연단하며 배운 것이 과연 무엇이었는지를 목도하는 불편함 때문이기도 하다. 하지만 그 쓸쓸함의 이유는 좀 더 깊은 곳에 있기도 하다. 그건 이념과 현실이라는 추상적이지만 본질적인 질문이다. 이념과 현실의 정의로운 관계란 무엇일까. 여기에 유년의 추억, 나비를 잡기 위해 들판의 풀과 꽃들을 짓밟아버리는 우울한 나비 잡기의 추억이 언질을 줄 수도 있을 것 같다.

이념이 새로운 이념이 되자면 가면만 바꾸어 쓴다고 되는 일이 아니다. 이념은 가면 돌려 쓰기가 아니라 직접적 현실의 변화를 통해서만 가능해진다. 짓밟힌 정치 현실을 올바른 정치 현실로 정돈하고 되돌릴 때 이념의 새로움도 진정한 새로움이 된다. 말하자면 정치적 이념이라는 나비는 미리 정해지는 것이 아니라 정치 현실의 밭을 제대로 가꾸어나가는 과정에서 태어나고 날아오르는 것이다. 결국 문제는 새로운 나비가 아니라 그 나비에 걸맞은 새로운 포충망이다. 그리고 그 포충망은 이념의 헛된 가면이 아니라 정치 현실을 정직하고 깨끗한 풀밭과 꽃밭으로 가꾸는 정치 행위들의 날줄과 씨줄들로 직조되는 것이다. 마찬가지로 아름다운 나비는 현실을 더럽히고 짓밟으며 포충하는 것이 아니다. 현실의 포충망이 제대로 짜이면 저스스로 날아드는 것, 그것이 이념의 나비일 것이다. 이 사실은 국민의당만이 아니라 모든 깨끗한 정치를 지향하는 모든 정치 정당들이 먼저 머리에 새겨야 하는 절대 명제일 것이다.

44.

멀고도 가까운 거리

사람이 저마다 성격을 지니는 것처럼 정권도 저마다 성격이 있다. 개개 정권의 성격들을 지칭하는 기준들은 다양하다. 그래서 정권들은 저마다의 기준으로 스스로 이름을 지어왔다. 참여 정권, 국민 정권, 창조 정권 등등의 호칭들이 그것들이다. 그런데 정권의 성격을 규정하는 또 하나의 기준이 있을 수 있다. 그건 '거리'다. 즉 정권과 국민들 사이의 거리가 얼마나 되며 또 어떻게 지켜지는가의 차이들이 그것이다. 그렇게 보면 이번 정권처럼 그 거리가 멀고 견고하고 단호한 정권도 없었던 것 같다. 박근혜 정권은 가히 '절대적 거리의 정권'이라 부를 만하다. 그 거리의 절대성을 어느 때보다 확실하게 보여주었던 것이 세월호 유족들이 결코 건너갈 수 없었던 청와대 앞에서의 거리일 것이다. 차가운 아스팔트 위에서 그들이 보고 들어야 했던 건 대통령의 얼굴과 목소리가 아니라 전경들의 유니폼과 경고 마이크 소리였다. 이후 이 절대적 거리는 더욱 견고하고 멀어져서 이제는 아무도 건너갈 수 없는 벽이 되었다.

그리고 그 절대적 거리 안에서 그사이 어느 농민은 식물 인간이 되었고 어느 잠수사는 세상을 버렸고 심해에 묻힌 아이들은 아직도 세상으로 돌아오지 못하고 있다.

카프카의 작은 소설들 중에는 고대 중국의 황제에 대한 이야기도 있다. 황제의 황궁은 북경인데 이야기 속의 마을은 남쪽 끝이다. 중국은 거대하고 마을과 황궁 사이의 거리는 멀고도 멀다. 때로 칙사가 칙령을 가지고 오지만 아무도 그 칙령을 믿지 못한다. 그가 그 거리를 지나오는 사이에 이미 황국은 바뀌고 황제 또한 오래전에 죽었는지 모르기 때문이다. 게다가 칙사가 읽어주는 내용도 믿을 수가 없다. 그 내용이나 말투가 현실과는 어울리지 않는 먼 옛 세상의 낯선 냄새로 가득하기 때문이다. 그래서 마을 사람들은 도대체 황제가 있기는 한 건지, 정치가 이루어지기는 하는 건지 도통 알 길이 없고 칙령은 의심과 혼란만을 더해줄 뿐이다. 변함없이 황궁과 마을을 이어주는 건 그저 덧없이 흐르는 시간뿐이다. 그 시간 안에서 카프카의 마을과 황궁은 건너갈 수 없는 거리로 나누인 채 저마다 홀로 살아가고 늙어가고 사라져간다.

하기야 이 이야기는 고대 중국의 이야기다. 그때에는 황궁과 마을 사이가 멀고도 멀어서 그럴 수 있었다. 하지만 지금은 사정이 다르다. 정보통신력은 공간과 시간의 거리를 모두 순식간으로 바꾸어주었다. 지구 저편이 문지방 건너인 것처럼 아무리 먼 거리도 이제는 너무도 가까운 거리가 되었다. 하지만 통신수단이 혁명을 일으켰다고 정치가 따라서 혁명적이 되는 건 아니다. 문명은 흔히 기술의 진보를 통해서 오히려 퇴행한다. 마찬가지로 정보통신기술은 국민과 대통령 사이의 거리를 오히려 더 절대적으로 만드는 반민주적 도구로만 사용되기도 한다. 반민주적인 도구는 대체로 두 가지 방식으로 사용된다. 하나는 위장과 과장이다. 정부는 통신기술을 통해서 거짓 정보들을 부풀려서 빠르게 확산시킨다. 예컨대 해외순방의 결과는 예비 협상이 결정 협상으로 바뀌고 현 상태를 유지하려는 경제정책들이 민생 정책으로 부풀려진다. 또 하나의 도구화는 감시와 통제다. 정보기관을 통해서 사적 정보를 수집하거나 나아가 필요하면 그 정보들은 머니퓰레이션된다. 민주적 거리를 좁혀야 하는 통신기술은 고대 중국의 먼 거리보다도 더 아득한 폐쇄 정치의 거리를 구축하고 고착시킨다. 그렇게 오래된 것은 새것이라는 베일을 쓰고 회귀한다.

그러나 카프카의 남쪽 마을 사람들은 기다림을 멈추지 않는다. 세월호 가족들이 청와대 앞에서 새벽까지 그렇게 했듯, 그들은 여전히 창가에 앉아서 도착할 칙령을 기다린다. 우리들도 기다린다. 우리들과는 무관한 황국들이 세워지고 무너지는 저 거리 너머에서 어느 날 황국 아닌 나라가 세워지고 우리가 고대하는 정의로운 정치의 소식이 마침내 도착하기를 집요하게 기다린다. 그런 나라의 이름은 무엇이고 그런 정치의 이름은 무엇일까. 분명한 건 그건 또 하나의 황국과 과두 계급들의 이름이 아니라 모두를 위한 나라, 모두를 위한 정치의 이름이라는 사실이다. 그 이름은 언제나 기다리는 우리의 창가로 도착하는 걸까.

45.

마지막 강의

어제 올해의 마지막 강의를 끝냈다. 켄 키지의 《뻐꾸기 둥지 위로 날아간 새》를 영화로 보았다. 텍스트와 비교하면서 이런 내용들을 함께 이야기했다.

감정의 자유

이 영화의 주제는 당연히 자유다. 하지만 여기서 자유는 흔히 생각하듯 정치, 경제, 도덕 등등의 자유가 아니다. 이 영화가 말하는 자유는 그런 류의 고상한 것이 아니라, 육체의 자유, 즉 감정의 자유다. 약물과 담화 치료로 병원이 금지하고 거세하려는 것도 이 감정의 자유다. 하지만 왜 감정인가? 그건 감정을 거세하면 행동도 거세되기 때문이다. 그들의 질병은 행동장애다. 행동장애는 둘이다. 하나는 분노이고(이들은 분노를 조절하지 못한다) 다른 하나는 망설임이다(이들은 아무것도 선택하지 못한다). 장애는 양극적이지만 사실은 하나다. 그들은 아무것도 스스로 행동하지 못한다. 그 행동장애는 단 하나의 자기 유지 방식, 즉 순종을 내면화한 생존방식이기 때문이다.

기쁨에의 권리

그런데 이들이 빼앗기는 감정은 구체적으로 어떤 감정일까. 그건 '기쁨'이다. 맥머피가 실험적으로 시도하는 여러 저항들도 그들에게 이 기쁨의 권리를 되돌려주려는 시도들이다(야구 보기, 바다낚시 떠나기, 밤의 파티 등등). 스카렐이 분노 발작을 일으키자 감금실로 끌고 가는 간호사들에게 맥머피는 그를 그냥 놔두라고 외친다. 분노마저 기쁨이기 때문이다. 그러나 수간호사 랫치드는 그를 전기충격실로 보낸다. 그들은 분노를 기쁨이 아니라 무기력으로 바꾼다. 기쁨을 원하는 자는 형벌을 받는다. 그들이 지속적으로 제공받는 건 기쁨 대신 권태다. 그들은 하루 종일 복도를 서성이고, 졸고, 기껏해야 푼돈 내기 카드를 하면서 '조용한 삶'으로 하루하루 사육당한다.

약과 오렌지주스

첼란은 노래했었다: "우리는 아침마다 검은 우유를 마신다."○ 이 병원의 환자들은 아침마다 알약과 오렌지주스를 마신다. 마음의 건강과 몸의 건강을 매일 아침 챙긴다. 그들이 매일 먹어야 하는 건 그런데 또 있다. 미세스 랫치드가 진행하는 오전의 집단 심리 상담이다. 상담이 끝나면 밥을 먹고 환자들은 부드러운 음악이 흐르는 병동에서 조용히 하루를 보낸다. 그러면 병원 밖은 어떤가. 우리가 아침마다 먹고 마시는 건 무얼까. 우리가 찾아가는 곳은 어딜까. 거기서 우리가 하는 일들은 무얼까. 그렇게 우리는 무엇이 되어가는 걸까. 소설 속에는 '자원 환자'라는 단어가 나온다.

○〈죽음의 푸가〉

밤의 파티

칸디다 회퍼의 사진들은 공공시설의 실내를 찍는다. 도서관, 학교, 미술관 등등의 공간들이 그것들이다. 그녀의 공간들에는 사람이 없다. 텅 비어 있는, 말 그대로 비어 있는 공간이다. 그녀가 보여주는 공간들 중에는 '자연사 박물관'의 공간도 있다. 태고 시대에 살았다는 멸종된 생물들이(공룡들, 조상새들, 물고기들, 양서류들……) 박제가 되어 유리관 안에 들어 있다. 이들은 적요하고 고요하다. 그런데 이들이 정말 박제일까. 인적이 지워진 그 공간 안에서 밤이면 파티가 벌어지는 건 아닐까. 구경꾼들이 모두 사라지고 관리자마저 문을 잠그고 사라지면 그들은 하나씩 둘씩 유리관의 ABS를 열고 나와서 전등을 켤 것이다. 그리고 그들은 밤의 파티를 열 것이다. 허락되지 않은 파티, 아무도 모르는 파티, 우리는 상상도 못 하는 파티가 밤새도록 이어지는 건 아닐까. 그 파티는 어떤 파티일까. 탈출을 앞두고 맥머피는 이별식으로 밤의 파티를 마련한다. 환자들은 강요된 잠에서 깨어나 금지된 파티를 즐긴다. 춤을 추고, 술을 마시고, 섹스마저 한다. 그런데 밤의 파티는 특별한 파티가 아니다. 그건 일상의 즐거운 파티다. 그들에게 금지된 건 특별한 광란이 아니다. 그건 너무도 범속한 삶의 즐거움들이다. 그러나 아침이 되었을 때 이 파티는 가혹한 형벌을 받는다. 빌리는 자살하고, 맥머피는 육체의 파티를 주관하는 감정의 전두엽을 절제당한다. 병원은 더욱 철저하고 고요한 적막 속으로 되돌아간다. 추장이 탈출하지만 그건 가공의 에피소드일 뿐이다. 그도 곧 다시 돌아와서 전두엽을 절제당할 것이다. 전두엽 없는 사람, 그것이 자원 환자들이다.

그들은 모든 것을 알고 있다

《칠레의 밤》에서 피노체트는 이바카체 신부에게 말한다: "나는 내가 어디까지 갈 건지 알고 있소. 그런데 그들이 어디까지 갈 건지는 아직 모르겠소. 그러니 내게 마르크스를 강의해주시오." 그들은 빈틈이 없다. 끊임없이 공부하고 연구해서 그들은 우리들에 대해서 모든 것을 알고 있다. 그들은 우리의 상처와 욕망, 비겁함과 교활함, 자기 기만과 나르시시즘 등등 우리만이 알고 있다고 믿는 걸 이미 다 알고 있다. 그래서 그들은 언제나 승리한다. 그러면 우리는? 우리는 공부하지 않는다. 바라기만 하고 선망하기만 하고 미워하고 질투만 하고, 꿈만 꾸면서 공부하지 않는다. 추장은 탈출하지만 그는 다시 돌아오게 될 것이다. 그는 맥머피처럼 수술실에서 전두엽을 제거당하고 식물인간처럼 꿈속으로 유배를 당할 것이다. 그는 오래 깊이 공부하지 않았다. 캐나다로 가는 지도조차 마련하지 않았다. 그가 가진 건 다만 맥머피에게서 배운 자유에의 열망뿐이다. 열망만으로는 아무것도 이루어지지 않는다. 그들을 능가하는 철저한 공부만이 지도를 가져다준다. 탈출과 자유는 공부와 투쟁을 통해서만 얻어지는 것이다.

그들은 마침내 승리하는가

그러면 그들은 온전히 승리하는가. 그들은 결국 패배한다. 그들의 패배를 증명하는 건 추장의 탈출이 아니다. 그건 소설의 전략적 낭만일 뿐이다. 그들이 패배하는 건 그들의 자기파괴 강박 때문이다. 섹스의 금기를 위반한 빌리가 꼭꼭 숨겨놓았던 죽음충동을 눈뜨게 하고, 그녀는 자기만의 칼로 자기를 자해해서 죽인다. 그 칼이 '부끄러움'이라는 단어다. "어머니에게 부끄럽지 않나요?"라고 그녀는 빌리의 트라우마에 부끄러움이라는 칼을 꽂는다. 부끄러움은 감정 중에서도 가장 음탕한 단어다. 그 단어는 육체를 밀어내면서 사실은 육체의 모든 것을 욕망한다. 부끄러움을 두려워하는 그녀에게 가장 무서운 단어가 다름 아닌 '부끄러움'이다. 그런데 왜 그녀는 그 단어를 기억했을까. 왜 하필이면 그 음탕한 단어의 칼로 빌리를 공격하지 않으면 안 되었을까. 빌리가 가져버린 사랑의 쾌락에 대한 질투 때문일까. 부끄러움이라는 감정의 단어를 토하면서 그녀는 감정을 폭발시킨다. 그녀는 막을 수 없이 음란해지고, 절정의 오르기에 빠진다. 그 부끄러움의 오르기 속에서 부끄러운 존재를 살해한다(오르기를 이기는 건 죽음밖에 없다). 빌리를 자살로 몰아간다. 손목을 끊고 죽은 빌리가 과연 빌리인가. 핏물로 흥건한 빌리의 시체를 바라보는 그녀의 시선은 알고 있다, 그 시체는 자기라는 걸. 그들은 승리하는 것 같다. 그러나 그들은 자기를 파괴하면서만 승리할 수 있다. 이 사실은 특별하지 않다. 폭력은 모든 걸 원하고, 그 모든 것 안에는 자기도 있기 때문이다.

46.

이 시대의 징후

종일 더럽고 질긴 비닐 막 같은 하늘. 종일 무슨 각오라도 한 듯 찡그린 햇빛. 종일 갑갑한 권태.

—

오늘의 문화면 상단에는 젊은 인기 작가와의 인터뷰 기사가 실려 있다. 전면의 3분의 1을 할애한 기사다. 그런데 이 작가의 스냅사진이 인터뷰 기사보다 월등히 넓은 면적을 차지하고 있다. 새로 나왔다는 창작집에 대한 기사는 짧고 내용은 보잘것없다. 이것은 무엇에 대한 알리바이일까? 다른 신문의 하단에는 두 권의 책에 대한 광고가 나란히 실려 있다. 하나는 30년 만에 파리에서 돌아온 어느 정치 망명객의 문화비평서(?)다. 또 하나는 "전국이 명품들의 박물관"이라는 주장으로 유명해진 민족미술 이론가의 책이다. 듣기로는 이 이론가와 파리의 망명객은 각별한 사이라고 한다. 그래서 출판사는 이 병렬 광고를 고안했던 것일까? 이건 또 무슨 징후일까? 또 다른 신문의 문화면 하단에도 대형 책 광고가 있다. 중견 작가들의 신작 중단편 모음집이다. 몇 단 올라가면 이 책의 작가들이 오늘 저녁 L호텔 크리스털 볼룸에서 출판기념회를 갖는다는 내용의 기사가 있다. 이건 또 무슨 수수께끼일까? 그래, 사실은 아무것도 아닌지 모른다. 이 모든 "이벤트"들이 지극히 당연한 일들인지 모른다. 그저 내 가엾은 과민신경증이 또 발동했을 뿐.

—

여자들의 화장은 이중 감정의 표현이다. 남들이 하는 대로 따라 하면서 사실은 그 가면 뒤로 숨는다. 역시 화장은 표현의 수단이기 전에 숨고 방어하기 위한 것이다. 그런데 숨을 수 있는 안전지대가 더는 없을 때 화장하는 사람들은 얼굴을 없애고 대중 속으로 잠입하는 것일까. 이 삶의 제스처. Mimesis?

–

이 시대의 징후 중의 하나는 적이 확실하지 않다는 것이다. 그래서 가까운 사람들이 모두 적으로 변하는지 모른다. 거리에서 느닷없이 욕설을 주고받는 두 사람을 보았다. 그들은 싸우는 것이 아니라 함께 적을 찾는 것만 같았다.

47.

묻는 일을 그만둘 수 있다면

세상에 대한 셀 수 없이 많은 진단들—단어를 아주 오래 바라보면 그 단어가 말을 하기 시작한다고 베냐민은 놀라워했지만, 세상에서 벌어지는 일들을 아무리 들여다보아도 제 그림자밟기인데 세상이라는 이름이 어떻게 빛이 될 수 있을까.

앞에서 보아도 얼굴이 보이지 않고 뒤에서 보아도 꼬리가 보이지 않는 것이 그러나 있노라고 노자는 화두를 던졌지만……

〈당통의 죽음〉

좋지도 나쁘지도 않은. 흔한 참고 문헌 같았던 무대가 그러나 간밤의 꿈속에서 들이마셨던 이 방의 공기처럼 아침까지 기도에 젖어 있는 까닭은 무엇일까. 너는 달고 단 무덤, 네 음성은 죽음의 종소리, 네 젖가슴은 내 무덤의 봉분, 네 심장은 내가 누울 관…… 줄리의 품 안에서 죽음과 희롱하는 당통의 파토스 때문인가, 아니면, 네 아무리 잔인하다 한들 내 머리가 굴러떨어져 땅 위에 입맞춤하는 것을 막지는 못하리! 단두대에 머리를 내밀며 삶에 마지막 재판을 씌우는 영웅 당통 때문인가, 아니면 영웅과 파토스가 슈퍼스타와 헤비메탈에 양위해버린 시대에, 그러나 미처 다 퇴화하지 못한 향수라는 이름의 소화기관이 괴롭게도 다시 기억해낸 신화적 삶을 향한 배고픔 때문인가.

궁극적으로, 그러니까 글의 목소리에 오디세우스처럼 미리 귀를 막을 것. 한번 귀를 빼앗기면 마지막까지 들어야 하는 노래가 있다. 그러나 한번 귀를 빼앗기면 다시는 귀를 찾지 못한다. 귀를 빼앗긴 까닭은 그 노래가 끝이 없는 노래였기 때문이다.
사이렌의 노래가 죽음을 부르는 것은 사실이지만 그 노래가 아름답기 짝이 없었다는 얘기는 전설이다.

48.

춤추는 곰

기성세대가 신세대를 모방하는 행동을(모방 이론의 반전) 어떻게 설명할 수 있을까. 그것은 자신들의 삶이 욕망의 격차 속에서 더없이 가난했었음에 대한 기성세대들의 성마른 반작용일까. 반면 신세대들의 기성세대에 대한 반란은 무엇일까. 그것을 과거와의 단절, 새로움으로의 진보라고 볼 수 있을까. 혹시 신세대들은 기성세대를 자신도 모르는 채 복제하고 있는 것은 아닐까. 기성세대의 음모가 과연 그렇게 허술한 것일까. 그렇다면 기성세대들은 신세대를 모방하면서 그들을 자신들의 세계 안에 가두고 있는 것은 아닐까. 결국 신세대들은 이들에게 속아 넘어가고 이용당하는 것은 아닐까. 춤은 곰이 추고 돈은 주인이 챙기듯이. 기성세력이 자신을 고수하기 위해서 구사하는 전략은 더없이 견고하고 교묘하다. 신세대들은 바짝 긴장하고 조심하지 않으면 안 된다. 분방함만으로 떨쳐버리기에는 기존 세력의 그물은 더없이 치밀하다. 그 그물의 원리는 잡힌 동물이 분방하게 움직일수록 더 조이도록 만들어져 있는지도 모른다.

하나의 우화

……춤추는 곰이 있었다. 곰은 춤을 추고 주인은 돈을 챙겼다. 어느 날 곰은 생각했다. 이건 말이 안 돼. 왜 내가 이렇게 춤을 추어야 하지? 곰은 춤을 추지 않았다. 주인은 돈을 벌 수가 없었다. 주인은 곰 곁에 앉아서 또한 곰곰이 생각했다. 그러자 왜 곰이 춤을 추려고 하지 않는지 간파했다. 어느 날 주인은 사람들 앞에서 곰 가죽을 쓰고 곰처럼 춤을 추었다. 곰은 무대 뒤에서 주인의 춤을 구경했다. 그리고 결론을 내렸다. 아, 이제는 춤을 추어도 되겠다. 이제 주인은 나야, 내 춤을 주인이 저렇게 따라 추니…… 곰은 마음 놓고 춤을 추기 시작했다. 주인도 그 곁에서 춤을 추었다. 소문을 들은 사람들은 구름처럼 서커스터로 몰려들었다. 수입은 열 배 스무 배로 늘었다. 주인은 그 돈을 마음 놓고 모두 챙겼다. 곰은 똑똑해도 곰이라는 걸 그는 알고

있었다. 그래서 춤 생각할 줄은 알아도 돈이 뭔지 곰이 알 리 없다는 걸 그는 잘 알고 있었다…… 지금도 곰은 춤을 추고 돈은 주인이 챙긴다.

49.

캄캄한 비밀

사람들 살아가는 모습이 왜 내게는 캄캄한 비밀로만 보일까. 아무 이유가 없이 존재하는 것들은 모두가 캄캄한 비밀이다. 돌멩이가 그렇듯이.

데드 레터스
혹은 두 목소리

1. 들어가면서

데드 레터스(dead letters)

바틀비는 월가의 서기로 일하기 전에 어느 지방의 우편국 직원이었다. 그가 하는 일은 소위 데드 레터들(dead letters)을 검사하고 분류하고 소각하는 일이었다. 데드 레터스, 죽은 편지들—그 편지들은 배달될 수 없는, 도착할 수 없는 편지들이었다. 그 편지들 안에는 사랑의 고백, 자선 헌금의 지폐, 용서의 고백, 희망의 소식, 심지어 결혼반지까지 들어 있었다. 생명과 희망, 사랑이 들어 있는 이 편지들은 그러나 주인을 찾을 수 없었다. 그 편지의 수신자들이 이미 죽었기 때문이다. 수년간 데드 레터들과 함께 지내던 바틀비는 어느 날 우편국을 떠나 월가로 온다. 그리고 그는 '그렇게 안 하는 게 좋겠어요(prefer not to do)'라는 말로 임무 수행을 거부하면서 월가의 법률에 저항한다. 그는 월가에서 쫓겨나 감호소에 수용되지만 그곳에서도 저항을 멈추지 않는다. 이번에는 음식을 거부하면서 나날이 작아지고 가벼워진다. 그리고 마침내 햇빛이 내려앉은 감호소 안뜰, 잔디가 돌 틈 사이로 비집고 자라난 벽 밑에서 죽는

다. 그런데 바틀비는 죽은 걸까? 존경하는 소설가 베르고트가 죽었을 때, 프루스트는 격렬히 저항한다: "죽었다고? 베르고트가 죽었다고? 하지만 누가 알겠는가? 베르고트는 죽은 게 아니라 저 미지의 세상, 사랑과 정의의 법률이 다스리는 미지의 세상으로 떠나갔다는 걸……"

정말 그 누가 알까? 죽은 자들은 죽은 게 아니라 여전히 살아 있다는 걸, 그렇게 살아서 그들의 죽음을 슬퍼하는 우리들, 그들을 잊지 못하는 기억으로 아파하는 산 자들과 이 세상 안에서 더불어 존재한다는 걸, 그렇게 우리들 곁에서 우리를 응시하고 손짓하고 말을 건네면서, 사랑과 정의, 자유와 평등의 법률이 온전히 지배하는 또 하나의 세상을 우리들과 함께 꿈꾸고 있다는 걸, 그 누가 알겠는가? 적어도 베냐민은 그렇게 믿었다. 그래서 그는 이렇게 말할 수 있었다: "적들이 승리하면 산 자들만이 아니라 죽은 자들도 안전하지 못할 것이다. 그런데 적들은 지금도 승리하고 있다." 베냐민에게 죽은 자들은 죽은 것이 아니었다. 끝은 끝이 아니었다. 죽은 자들은 여전히 살아서 산 자들과 함께 연대하기를 기다리고 있다고 그는 믿었다. 이 죽은 자들과의 연대, 그것이 베냐민에게는 '역사적 애도'였다.

애도에는 두 가지가 있다. 하나는 '절망의 애도'이다. 죽은 자는 죽었다고, 다시 돌아올 수 없다고, 모든 것이 이미 끝났다고, 그러므로 모든 것이 소용없다고—절망의 애도는, 아픈 가슴을 달래면서, 그렇게 죽음을 승인한다. 그리고 산 자는 살아야 한다고, 죽은 자들도 그걸 원한다고 말하면서 세상으로, 일상으로, 시장으로 회귀한다. 그렇게 산 자들은 죽은 자들에게 이별을 고하고, 이별당한 죽은 자들은 망각의 하데스에 남겨진다. 그런데 망각이란 뭘까? 그건 사랑의 정지다. 사랑의 정지는 절망이다. 하지만 또 하나의 애도가 있다. 그건 '연대의 애도'다. 연대란 무엇인가? 그건 사랑의 지속이다. 사랑의 지속은 저항이다. 연대의 애도는 죽은 자들을 잊지 않는다. 사랑을 멈추지 않는다. 그리고 그들을 부당하게 죽은 자로 만들고, 우리들 살아남은 자들, 또 우리의 다음 세대들마저도 부당한 죽음으로 몰아가려는 적들의 세력과 맞선다. 그들의 힘과 승리를 분쇄하고 정의의 법률, 인간의 법률이 다스리는 미지의 세상을 향해서 깨어난다.

바틀비 또한 죽은 게 아니다. 그는 본래의 직장인 우편국으로 돌아갔을 뿐이다. 그는 더 이상 데드 레터들을 소각하지 않는다. 대신 공기처럼 가벼운 우편배달부가 되어 데드 레터들을 우편 가방에 싣고 죽은 자들의 주소를 찾아 먼 길을 떠났을 뿐이다. 그는 우리들의 편지를 죽은 자들에게 전해주고, 그들이 보내는 답장을 우리들에게 배달하기 위해서 곧 다시 세상으로 귀환할 것이다. 그리고 바틀비의 우편 가방, 그 안에는 다음과 같은 편지 두 장도 들어 있었을 것이다.

2. 산 자가 보내는 편지

보고 싶은, 너무나 보고 싶은 아들에게

아들, 그동안 잘 있었니? 엄마가 또 이렇게 편지를 쓴다. 지난 편지는 받아 보았는지…… 답장이 없어서 엄마의 편지들이 너에게 도착하는지조차 모르겠구나. 편지를 써서 보내면 엄마는 늘 걱정이 되고 불안하단다. 왜냐구? 엄마 편지가 너를 찾아가는 도중에 그 누군가가 대신 그 편지를 훔쳐 갈지 모른다는 생각이 떠나지를 않는구나. 네가 엄마에게 보내는 편지도 그 누군가 몰래 도중에서 훔쳐 가는 것만 같고, 그래서 아들의 편지를 그동안 한 장도 받아 보지 못한 것만 같아. 그래, 우리 아들도 누군가 도중에서 훔쳐 가버렸지. 바다 건너 섬으로 배낭을 메고 아침에 떠났던 네가 영영 돌아오지 못하는 건 그 바닷길 어딘가에 숨어 있던 누군가가 너를 감쪽같이 엄마 품으로부터 훔쳐 가버렸기 때문인 것 같아. 도대체 누가, 무엇이, 그리고 무엇 때문에 우리 아들을 엄마 품에서 빼앗아 가고 또 아들이 엄마 품으로 돌아올 수 없게 만드는 건지, 어떻게 그런 일이 일어날 수 있는 건지, 왜 그런 일이 우리에게 일어난 건지, 엄마는 생각하고 생각하고 또 생각해보지만, 그 이유를 도무지 알 수가 없구나. 그저 억울하기만 하고 슬프기만 하고 분하기만 해서 어쩔 줄 모르고 화를 내다가 그만 엉엉 통곡을 하고 만단다.

그래 아들, 보고 싶은 내 아들, 엄마는 아직도 네가 죽었다는 걸 믿을 수도 없고 믿지도 않는단다. 그냥 네가 어느 날 제주도로 수학여행을 떠났고, 거기서 더 먼 곳으로 여행을 떠났고, 거기가 어딘지는 모르지만, 그 어느 곳에 도착해서 하루하루 잘 지내고 있는 것만 같아. 그리고 거기가 어딘지는 모르지만 어쩐지 거기도 여기와 똑같은 곳이라는 생각이 들어. 그래서 너는 거기서도 아침에 일어나서 학교를 가고, 학원을 가고, 도서관에서 공부를 하다가 늦은 밤에야 집으로 돌아가는 생활을 똑같이 하고 있는 것만 같아. 그런데, 맞아, 우리 준호는 거기서도 잘 지내고 있을 거야, 생각하다가도 네 얼굴이 떠오르면 가슴이 찢어지는 것처럼 아파서 또 그만 엉엉 울고 만단다. 왜냐구? 네가 거기서 잘 지내고 있구나, 안심하다가도, 그렇지만 거기에는 엄마와 아빠 그리고 은재가 없으니 네가 얼마나 외롭고 쓸쓸할까, 라는 생각이 들면 가슴에 구멍이 뚫리는 것처럼 아파서 견딜 수가 없구나.

네가 수학여행을 떠나던 날 아침이 생각나는구나. 제주도는 처음 가보는 곳이어서 너는 많이 흥분되어 있었지. 그렇지만 네가 그렇게 들떠 있었던 건 다른 이유가 더 있어서였어. 사실 요즈음 생활이 많이 힘들어진 아빠와 엄마에게는 수학여행비가 만만찮은 부담이어서 몰래 고민하고 있었고, 눈치 빠른 너도 사정을 알아채고 수학여행을 포기하려고 마음먹고 있었지. 그런데 마침 아빠에게 작은 일거리가 들어왔고, 그래서 너의 여행 경비를 마련할 수 있었어. 너는 얼마나 좋아하던지…… 엄마는 지금도 눈에 선하구나. 배낭을 둘러메고 손에는 가방을 들고 환하게 웃으면서 문을 나서던 네 모습이. 그런데 그때의 기쁨이 지금은 하늘이 무너지도록 후회스러운 한이 되었구나.

상규 엄마에게서 급한 전화가 온 건 다음 날 아침이란다. 엄마 아빠가 학교로 달려가니까 강당에 엄마들이 다 모여 있었다. 어떤 엄마들은 울면서 어쩔 줄 모르고, 어떤 엄마들은 이리저리 다니면서 서로 소식을 주고받고 있었어. 엄마들은 모두가 파랗게 질린 얼굴이었고, 상규 엄마 아빠와 우리도 마찬가지였어. 아무 일도 없을 거야, 아무 일도 아닐 거야, 엄마는 아빠 팔을 꼭 붙들고 속으로 다짐하고 또 다짐했지. 그런데 무엇 때문이었을까. 엄마는 그때 갑자기 온몸에 소름이 돋는 것처럼 무서워졌어. 아니, 그 무서움은 그때 처음 시작된 게 아니야. 상규 엄마의 전화를 받을 때부터, 아니 돌아서서 문을 열고 나가던 네 뒷모습을 보았을 때부터, 아니 어쩌면 살아오는 동안 내내 그 두려움은 엄마를 안개처럼 감싸고 있었던 것 같아. 그렇지만 엄마는 그럴 때마다 너희들을 생각하면서 그 두려움을 쫓아버리곤 했었지. 그래, 두려울 게 뭐 있어, 우리 아들이, 딸이, 저렇게 건강하게 내 곁에 있는데 뭐가 무섭다는 거야, 라고 혼자 중얼거리면서. 그런데 이번에는 달랐어. 그 두려움은, 뭐랄까, 그래 너에게 보내는 편지를 그 누군가가 도중에 훔쳐 갈지 모른다는 두려움과 비슷한 두려움, 그러니까 너를, 내 아들을, 그 누군가가 엄마 가슴에서 빼앗아 갈지도 모른다는 그런 두려움이었어.

대절한 버스를 타고 긴 시간 고속도로를 달려서 팽목항—한 번도 들어본 적 없는 남쪽 끝 어느 작은 항구에 도착했을 때, 엄마는 그 두려움 때문에 거의 미칠 것만 같았단다. 그래, 엄마는 그 항구에서 끝도 없이 망망한 바다를 바라보면서, 이미 모든 걸 다 알아버렸는지 모르겠구나. 텅 빈 바다, 흰 이빨 같은 파도, 거꾸로 물속에 박혀 있는 배, 물끄러미 이 모든 것을 바라보는 차가운 잿빛 하늘—엄마는 너무나 무서워서 그 풍경을 오래 바라볼 수가 없었어. 그렇지만 그것뿐이었다면 엄마는 이를 악물고 두려움을 이겨낼 수 있었을지도 몰라. 엄마를 두려움으로 절망에 빠지게 했던 건, 그 잔인하고 차가운 풍경이 아니야. 그건 그 바다 위에서 벌어지고 있는 구조의 모습이었어. 죽은 고래처럼 뒤집어져서 물속으로 가라앉는 거대한 배의 몸통에 무슨 장난감처럼 매달려 있는 몇 척의 경비정과 구조선들, 잿빛 하늘에서 구경꾼처럼 하릴없이 맴돌기만 하는 헬리콥터, 이리저리 무선 연락만 주고받는 경찰들, 사람이 죽어가고 있다고, 왜 구조를 안 하느냐고, 비명을 지르는 엄마 아빠들에게, 한 시간만 기다리라고, 아직 지시가 내려오지 않았다고, 내 마음대로 결정을 내릴 수가 없다고, 기계처럼 녹음기처럼 반복하다가 슬그머니 도망치던 무슨 지휘관…… 그래, 그때 엄마는 그만 다 알아버렸단다, 너희는 배 밖으로 나오지 못할 거라는 걸, 너희는 배와 함께 바닷속으로 가라앉고 말리라는 걸, 그들은 너희를 구조하지 않을 거라는 걸, 그래, 구조를 못 하는 게 아니라 안 하는 거라는 걸, 그럼 우리는 어떻게 되는 거예요, 라고 너희들은 묻겠지만, 아무도, 엄마와 아빠마저도, 너를, 너희들을 차가운 죽음의 바다에서 구해낼 수 없다는 걸……

……그리고 그 후 세상에서는 무슨 일들이 일어났던 건지. 어둡고 차가운 바닷속에서 너희들이 하나씩 둘씩 세상으로 (끌려) 나오는 동안, 세상은 온통 미쳐가는 것만 같았지. 엄마는 그사이 일어났던 억울하고 잔인한 일들을 생각하고 싶지 않단다. 그 생각만 하면 지금도 걷잡을 수 없는 증오와 분노가 온몸을 태우는 것 같아서 너무 괴롭기 때문이야. 기자들이 몰려와 들끓더니 신문과 방송에서는 허위와 과장, 왜곡과 오보가 뻔뻔스럽게 판을 쳤어. 장관들이 내려오고, 국무총리가 내려오고, 대통령도 우리를 찾아왔어. 미안하다고, 구조에 최선을 다하겠다고, 책임자들을 찾아서 엄벌하겠다고, 그들은 고개를 숙이며 사과하고 약

속했지만, 그러나 엄마는 금방 알았어, 그들은 모두 뻔뻔스러운 거짓말쟁이들이라는 걸. 그래, 그들은 모두 우리에게 거짓말을 하려고 찾아왔던 거야. 기자들이 제멋대로 거짓 기사를 쓰는 것처럼 그들도 제멋대로 거짓말을 늘어놓고 있었어. 그리고 그들의 거짓말은 너희들이 갇혀 있는 심해처럼 어둡고 차가웠어. 사과와 약속의 말들 속에는 늘 무언가 다른 것, 배신을 연상시키는 어둠이 감추어져 있었고, 항의하는 누군가를 얼핏 노려보는 눈빛도, 할 말을 다 했다며 빠르게 돌려세우는 등도 얼음처럼 싸늘하고 차가웠어. 그 거짓말을, 그 위선을, 그 오만함을, 그 차가움을 엄마는 참을 수가 없었어. 용서할 수가 없었어. 그리고 그때 엄마는 깨달았지, 엄마는 이제 더 이상 두려워하지 않는다는 걸, 두려움이 씻겨 나간 자리에 미움과 분노가 자리 잡고 있다는 걸. 그리고 또 깨달았어, 모든 미움과 분노가 나쁜 건 아니라는 걸, 세상에는, 어떤 경우에는 정당한 미움과 분노도 있다는 걸, 그 미움과 분노를 잊지 않도록 가슴에 깊이 품어야 한다는 걸……

……그리고 네가 돌아왔어. 5월 5일, 어린이날, 너는 아빠와 엄마 품으로 돌아왔어. '215번. 남자. 172cm. 초록 바탕에 빨간 줄이 그어진 아디다스 후드. 검은색에 흰 줄이 그어진 바지. 흰색 나이키 운동화. 검은 가죽띠 카시오 시계 차고 있음.' 전광판에 떠오른 신원 설명문을 보고 아빠와 엄마는 당장에 너인 줄 알았어. 신원 확인소로 달려가서 너를 만났어. 얼굴이 다 망가져서 이목구비가 없어지고, 고무장갑처럼 부푼 손가락에는 손톱도 없었지만, 그래, 너는 무슨 심해의 물고기처럼 변해 있었지만, 엄마는 금방 너를 알아봤어. 숨이 막혀서 뒤로 넘어가는 엄마를 아빠가 부축했고, 엄마는 기침을 하면서 겨우 다시 깨어날 수가 있었어. 그런데, 그런데 말이야, 네 시계는 살아 있었어. 톡톡 움직이는 초침이 살아 있었어. 그 초침 소리가 너의 심장소리 같았어. 엄마는 아빠에게 소리쳤어. 봐요, 준호는 죽은

게 아니에요. 준호는 살아 있어요, 라고.

서울로 올라와 발인을 마치고, 너를 하늘공원에 묻고, 네가 그렇게 좋아하던 친구들이 모여 있는 합동 분향소 단 위에 네 사진을 세워놓았어. 엄마는 눈물이 멈추지를 않아서 하루 종일 울기만 했어. 그런데 그 눈물은 너를 잃어버린 슬픔의 눈물만이 아니었어. 그 눈물은, 끝없이 흘러나오는 그 눈물은, 억울함과 분노의 눈물이었어. 그래, 엄마는 더 이상 슬프지 않았어. 그냥 억울하고 분하기만 했어. 그런데 그런 건 엄마만이 아니었나 봐. 발인 다음 날, 분향소를 지키던 엄마와 아빠들이 청와대로 가자고, 대통령을 만나자고, 서울로 달려가서 행진을 시작했어. 하지만 우리는 대통령을 만날 수 없었어. 대신 청와대로 통하는 길목에서 전경들이 검은 방패를 들고 우리를 무슨 침입자들처럼 둘러싸고 막았어. 엄마와 아빠들이 외치면서 항의했어. 우리는 시위대가 아닙니다. 우리는 대통령님을 만나고 싶습니다. 대통령님께 우리의 억울함을 전하고 싶습니다. 대통령님, 나와주세요, 제발 우리를 만나주세요! 그런데 엄마는 그 외침들이 싫었어. 여기서는 보이지 않는, 저만큼 길 끝 무성한 숲속에 숨어 있는 청와대를 바라보면서 엄마는 간절히 부탁하고 호소하는 아빠들의 외침이 너무 부끄러웠어. 청와대는 어딜까? 왜 우리는 거기에 들어갈 수 없는 걸까? 대통령은 누굴까? 왜 우리는 그를 만날 수 없는 걸까? 가난해서 공부를 많이 못했지만 엄마도 알고 있어. 저 푸른 기와집의 주인은 우리라는 걸, 대통령은 그저 몇 년간 그 집에 살도록 우리가 허락한 사람이라는 걸. 그런데 왜 그들은 우리를 들여놓지 않고 만나주지 않으려는 걸까? 도대체 우리는, 이렇게 호소하고 부탁하는 우리는 그들에게 무엇일까? 아무 힘도 없는, 아무것도 가진 게 없는, 보잘것없는, 더러운, 쓰레기 같은, 벌레 같은—그래, 그들에게 우리는 그런 존재들일 뿐이야, 엄마는 차가운 아스팔트 바닥에 앉아서 심한 수치감과 모욕감을 느꼈어. 하지만 그건 엄마의 자존감이 짓밟혔기 때문이 아니야. 그건 다름 아닌 우리 아들, 귀하고도 귀한 엄마 아들의 생명도 그렇게 쓰레기처럼, 벌레처럼 무시당하면서 차가운 바닷속으로 내던져지고 짓밟혔기 때문이야. 그래, 그날 이후 엄마는 울지 않는단다. 아니, 울지만 눈물을 흘리지는 않아. 눈물 때문에 세상을 흐릿하게 보아서는 안 되니까. 눈물은 안으로만 고이게 하고 엄마는 메마른 눈으로, 냉정하고 차가운 눈으로, 저들을, 저들이 부당하게 만들어가는 세상을 노려볼 거야. 저들이 또 어떻게 너의 죽음을 모욕하려고 하는지, 엄마의 슬픔을 또 어떻게 모독하려고 하는지 엄마는 반드시 노려보는 눈으로 지켜볼 거야. 그러고 보니 우리 아들 때문에 엄마가 이제야 부쩍 어른이 되어버린 것 같구나.

……그래도 아들아, 엄마는 눈물을 참을 수가 없단다. 네가 보고 싶어서, 너무나 보고 싶어서, 엄마는 몰래 혼자 울

곤 한단다. 꿈속에서라도 너를 만나려고 자기 전에는 오랫동안 기도를 해. 두 발을 맞추고 똑바로 누워서, 두 손을 포개어 가슴 위에 얹고, 이불을 턱까지 끌어 덮은 다음에, 엄마는 오랫동안 눈을 감고 너의 얼굴을 떠올리지. 그렇게 너를 자꾸만 불러. 그러면 잠든 사이에 네가 엄마의 목소리를 따라 꿈길을 걸어서 엄마의 곁으로, 엄마의 품 안으로 찾아올 것만 같아서야. 그런데 아들아, 너는 왜 엄마의 꿈속으로 한 번도 찾아오지 않는 거니? 너는 엄마가 보고 싶지 않니? 엄마를 벌써 잊었니? 제발 한 번만 꿈속으로 찾아와주렴. 한 번만 너를 보고, 너의 목소리를 듣고, 너를 안아보고, 너를 만지게 해주렴, 한 번만, 꼭 한 번만……

3. 죽은 자가 보내온 편지

사랑하고, 사랑하고, 또 사랑하는 엄마에게

엄마, 나 준호예요. 그동안 안녕하셨어요? 나도 여기서 잘 지내고 있어요. 아침에 일어나서 학교 가고, 학원 가고, 야자 수업하고, 게임을 하고, 축구를 보고—거기서 살던 그대로 똑같은 생활을 하는 건 아니지만, 여기도 이런저런 일들이 많아서 잘 지내고 있어요. 그런데 여기가 어디냐구요? 글쎄요, 뭐라고 설명해야 할지 사실은 나도 잘 모르겠어요. 여기도 거기처럼 세상이에요. 낮이 있고 밤이 있고, 바람이 불고 비가 내리고, 계절도 있어서 여름인 지금은 무척 더워요. 오늘도 아주 더웠어요. 거기도 오늘 굉장히 더웠죠? 그렇지만 여기는 거기가 아니에요. 학교도 학원도 없고, 컴퓨터도 휴대폰도 영화관도 없어요. 그런 건 다 괜찮은데, 엄마 아빠 은재가 없으니까 여기는 거기가 아니에요. 선실에 물이 가득 차오르고 숨을 쉴 수가 없어서 잠깐 정신을 잃었는데 깨어나니까 여기에 와 있었어요. 물론 처음에는 낯설고 무서웠지만 먼저 온 아이들도 만나고 나보다 늦게 온 아이들도 만나니까, 그냥 학교 같아서 지금은 하나도 이상하지 않아요. 오늘도 한 아이가 새로 왔는데 겁이 나서 울기만 하더니 우리들과 어울리고 나서 금방 기분이 좋아졌어요. 그런데 상규는 아직도 오지 않았어요. 아마 아직도 배 안에 숨어 있나 봐요.

엄마가 보내는 편지는 모두 잘 받아서 읽고 있어요. 엄마는 내게 보내는 편지들이 도중에서 없어질까 봐, 누군가가 그 편지들을 훔쳐 갈까 봐 걱정이라고 했지만, 그런 걱정은 안 해도 돼요. 여기서 내가 읽는 엄마의 편지는 글로 써진 그런 편지가 아니에요. 그건 나를 생각하면서 엄마가 종이 위에 또박또박 글자로 옮겨놓는 엄마의 마음이에요. 엄마가 얼마나 나를 보고 싶어 하는지, 얼마나 아프고 슬픈지, 또 얼마나 분하고 화가 나는지, 그런 엄마의 마음을 나는 다 알 수 있어요. 어떻게 그럴 수가 있냐구요? 엄마, 놀라지 마세요. 엄마가 나를 생각하면, 그때 나는 엄마 마음 안에 있어요. 그러니까 내가 보고 싶어서 엄마가 편지를 쓰면, 엄마의 마음 안에서 나는 엄마의 편지를 읽고 있어요. 그래요, 엄마, 엄마가 나를 보고 싶어 할 때, 나는 벌써 엄마 마음 안에 들어 있어요. 길을 걷다가, 전철을 기다리다가, 공장에서 일을 하다가, 갑자기 내 생각이 나서 엄마의 가슴이 허물어지면, 그때 나는 엄마의 무너져 텅 빈 가슴 안에 있어요. 울지 말라고, 난 잘 지내고 있다고 엄마를 위로하고 있어요. 그런데 엄마는 그걸 모르고 있어요. 내가 엄마 안에 있는 것도 모르고 나를 먼 곳에서 찾기만 해요. 난 그게 너무 안타까워요.

그렇지만 나는 행복해요. 엄마가 나를 알아보지는 못해도 나는 엄마의 보고 싶어 하는 마음속으로, 거기 세상으로 건너갈 수 있으니까요. 사실 여기에는 아무에게도 돌아갈 수 없는 사람들이 너무 많아요. 아무도 보고 싶어 하지 않아서, 기억하지 않아서, 불러주지 않아서 거기로 건너가지 못하고 여기서만 오랫동안 살고 있는 외로운 사람들이 아주 많아요. 역사 시간에 배운 사람들, 이름을 말하면 엄마도 다 알 수 있는 그런 사람들도 다 여기 있어요. 간첩으로 몰려서 죽은 사람, 고문받다가 죽은 사람, 재산을 다 빼앗기고 죽은 사람, 광주에서 술 취한 군인들에게 매 맞아 죽은 사람—그 사람들은 모두가 아무 죄도 없이 억울하게 죽은 사람들이래요. 제가 잘 아는 김 아저씨도 마찬가지예요. 아저씨는 내가 태어나기도 전에 대학원생이었는데, 학생운동을 하다가 간첩으로 붙잡혀서 별별 고문을 다 받았대요. 그래도 끝까지 자백하지 않아서 다행히 사형은 면했지만, 고문으로 생긴 병 때문에 서른다섯 살에 형무소에서 죽었대요. 그렇지만 아저씨는 다른 사람들처럼 슬픈 얼굴을 하지 않아요. 대신 하루 종일 공부만 해요. 모르는 게 없어서 우리가 궁금한 것들을 물어보면 다 대답해줘요. 아저씨, 우리는 여기서 죽은 거예요 산 거예요? 한번은 우리가 물었더니 아저씨는 이렇게 말했어요. 사람은 숨이 끊어졌다고 죽는 게 아니란다. 사람은 자기 생명을 다 살아야 죽는 거야. 자기가 살아야 하는 시간들을, 하늘이 살라고 준 시간들을 다 써야 죽는 거야. 그런데 너희들은 살아야 하는 시간을 다 살지 못했지. 그러니까 너희들은 살지 못한 시간들이 너무 많이 남아서 죽을 수가 없어. 그럼 우리는 살아 있는 건가요? 아니, 너희들은 살아 있지도 않아. 너희들은 시간을 다 뺏겨버렸으니까. 살 수 있는 시간들을 다 빼앗겼는데 어떻게 살 수가 있겠니? 그럼 우리는 이제 어떡해야 하죠? 빼앗긴 시간들을 다시 찾아야지. 너희들의 시간을 빼앗아 간 사람들과 싸워서 너희들의 것이었던 생명의 권리를 다시 찾아야지. 어떻게요? 어떻게 우리의 것인 생명의 권리를 다시 찾을 수가 있나요? 그래, 그것이 문제란다. 그것이 아저씨가 수십 년을 여기서 기다리는 이유야. 아저씨는 쓸쓸하게, 아니 부끄럽게 웃었어요. 그건 우리들만의 힘으로는 안 되는 일이란다. 그건 우리가 살았던 저 세상이 우리를 도와주어야만 하는 일이야. 그들이 도움을 청하는 우리의 목소리를 듣고, 우리를 기억하고, 우리를 알아볼 때만 이루어질 수 있는 일이야. 여기 있는 사람들은 모두 그날을 기다리고 있지, 몇 년을, 수십 년을…… 그렇지만 언제 그날이 올지 아저씨도 모른단다…… 아저씨는 또 쓸쓸하게 부끄럽게 웃었어요.

그런데 엄마, 그 쓸쓸하고 부끄러운 웃음은 김 아저씨만 알고 있는 웃음이 아니에요. 나는, 그리고 상규도, 그 웃음을 너무나 잘 알고 있어요. 상규와 내가 끝까지 배 안에 숨어 있자고 약속한 것도 그 웃음 때문이었어요. 기다리라는, 움직이면 더 위험하니까 선실에서 기다리라는 방송을 듣고 우리는 꼼짝도 않고 선실에 앉아 있었어요. 배가 기울었지만 우리는 승무원 아저씨들이 배를 고치는 줄 알았어요. 그런데 시간이 지날수록 배는 자꾸만 더 기울고 나중에는 선실 바닥이 비탈처럼 미끄러워졌어요. 선반에서 짐들이 쏟아져 내리고 캐비닛 옷장이 넘어졌어요. 그쪽에 앉아 있던 아이들이 머리를 얻어맞고 피를 흘렸어요. 그제야 우리는 배가 완전히 침몰한다는 걸 알았어요. 선실 안으로 조금씩 물이 들어오기 시작했어요. 우리는 이리저리 미끄러지면서 우왕좌왕했어요. 그때 옆에 있던 상규가 외쳤어요. 경찰이다. 경찰이 왔다! 나는 상규를 따라서 창에 바짝 붙었어요. 창 앞에 경비정 한 척이 서 있고 경찰복과 구조복을 입은 아저씨들이 흔들거리며 서 있었어요. 그런데 아저씨들은 위쪽만 바라보면서 고함을 치고 있었어요. 상규는 의자를, 나는 철제 설합을 들고 창을 부수려고 했지만 창은 꿈쩍도 하지 않았어요. 그런데 그때 경비정 난간을 붙들고 있던 경찰 아저씨의 시선이 나와 마주쳤어요. 아저씨는 아주 잠깐 나를 보더니 다시 눈을 돌려버렸어요. 그리고 경비정은 한 바퀴 빙 돌아서 다른 쪽으로 가버렸어요. 난 갑자기 덴 것처럼 얼굴이 확 달아올랐어요. 그건 창피함 때문이었어요. 마치 내가 사람이 아닌 것 같은 그런 창피함이었어요. 나는 사람이 아니라 구조될 필요도 없는, 그냥 버려져도 되는 그런 존재 같았어요. 나는 내가 사람인 줄 알았는데 그게 아니었구나, 난 사람이 아니었구나, 그럼 나는 뭐지? 벌렌가? 그냥 물속에 빠져 죽어도 되는 그런 벌렌가? 돌아보았더니 땀범벅이 된 상규의 얼굴은 파랗게 질려 있었어요. 그래서 나는 알았어요. 상규도 창피해하고 있다는 걸, 부끄러워하고 있다는 걸…… 그런데 참 이상한 일이에요. 그 부끄러움 때문에 벌레가 된 줄 알았는데 우리는 오히려 그 부끄러움 때문에 갑자기 어른이 되었어요. 가슴에 노란 리본을 달고, 하얀 국화로 조문을 하고, 거리에 모여 행진을 하는 사람들은 우리를 죄 없는 아이들, 아무것도 모르는 순진한 아이들이라고 부르지만 그건 틀렸어요. 이제 우리는 철없고 순박한 아이들이 아니에요. 벌레가 된 것 같은 창피함을 느끼는 순간, 우리는 세상이 어떤 것인지, 세상이 우리를 어떻게 속여왔는지 속속들이 알아버린 어른이 되었어요. 발견되지 말자고, 배 밖으로 끌려 나가지 말자고, 끝까지 배 안에 꽁꽁 숨어 있자고, 상규와 내가 약속했던 것도 그 때문이에요. 구조되어서 세상으로 끌려 나가면 우리는 또 속을 거라는 걸. 우리에게 가만히 있으라고 거짓말을 했던 사람들이 또 우리를 제멋대로 속이고 이용할 거라는 걸 상규도 나도 다 알고 있었기 때문이에요. 그런데 난 상규처럼 끝까지 배 안에 숨어 있을 수가 없었어요. 엄마가 너무 보고 싶어서 도저히 그럴 수가 없었어요. 그래서 상규만 혼자 남겨두고 잠수부 아저씨를 따라 배 밖으로 나왔어요. 상규는 지금도 잠수부 아저씨를 피해서 배 안에 숨어 있을 거예요. 그러다가 배를 끌어내려고 하면 먼저 배 밖으로 나가서 바다 멀리로 도망갈 거예요. 아니 어쩌면 벌써 배를 탈출해서 어디론가 가고 있을지 몰라요. 아마 상규는 영영 찾을 수 없을 거예요. 그렇지만 상규 어머니에게는 아무 말도 하지 마세요. 언젠가는 자기가 직접 엄마를 만나러 갈 거라고 약속했으니까요.

그런데 상규는 어디로 갔을까요? 그렇게 세상을 탈출해

서 어디로 갔을까요? 김 아저씨에게 물어봤는데 아저씨는 이렇게 말했어요. 아마 그 애는 우리 모두가 가고 싶어 하는 곳으로 갔을 거다. 그래, 우리에게는 가본 적도 없지만, 떠나본 적도 없는 그런 곳이 있지. 거기서 살아본 적도 없으면서 언제나 거기서 살고 있는 그런 가깝고도 먼 나라가 있어. 그 나라는 여기도 아니고 우리가 살았던 저 세상도 아니야. 그 나라는 아마 여기 세상과 저 세상이 서로를 기억할 때만 도착할 수 있는 그런 나라일 거야. 지난번에 내가 했던 말을 기억하니? 우리가 다 살지 못한 시간들을 다시 찾는 건, 빼앗겨버린 생의 권리를 다시 찾는 건, 여기 우리들만의 힘이 아니라 저 세상의 사람들이 우리를 도와줄 때만 가능한 거라고. 그런데 그건 저 세상도 마찬가지지. 저 세상도 정의로운 세상, 사람 사는 세상이 되려면 혼자 힘만으로는 안 돼. 우리가 도와줄 때만 저 세상도 사람의 세상, 행복한 세상이 될 수 있어. 그러니까 우리에게는 저들이 희망이고, 저들에게는 우리가 희망인 거지.

두 희망이 하나가 될 때에만 우리는 적들에게 승리할 수 있을 거야. 그런데 아직도 세상은 모르는 것 같아, 우리만이, 이미 죽은 사람들이라고 저들이 까맣게 망각해버린 우리들만이 자기들의 희망이라는 걸. 그래요, 엄마, 김 아저씨 말이 맞아요. 결코 잊지 않겠다고, 영원히 기억하겠다고, 사람들은 다짐하고 약속하지만, 그러면서 벌써 우리를 잊어버리고 있다는 걸 우리는 알아요. 외치는 목소리 속에, 흘리는 눈물 속에, 우리는 이미 죽었다는, 모든 것이 이미 끝났다는, 그래서 다 소용없다는, 그런 은밀한 낙담과 절망이 지하수처럼 흐르고 있다는 걸 알아요. 우리들의 이름을 부르지만, 그 호명이 오래된 망각의 어둠 속으로 우리를 밀어내는 추방의 주문이라는 것도 알아요. 우리가 희망인데, 우리와 함께할 때만 꿈을 이룰 수가 있는데, 우리와 손잡고 연대할 때에만 적들에게 승리할 수 있는데……

그렇지만 엄마, 엄마만은 날 잊지 않을 거라는 걸 알아요.

아무리 세월이 흘러도 날 잊지 않고 기억할 거라는 걸 알아요. 그래서 나는 여기 있으면서도 언제나 또 거기 엄마와 함께 있을 거예요. 꿈속으로 찾아오지 않는다고 섭섭해하지만, 엄마가 잠들기 전에 두 손을 가슴에 모으고 나를 부르면 나는 벌써 엄마 곁에 누워 있어요. 오늘 밤에도 엄마가 부르면 나는 벌써 엄마와 함께 있을 거예요. 어린 시절처럼 엄마 곁에 누워서 엄마를 만지고 있을 거예요. 그러니까 이제 꿈속에서 나를 찾지 마세요. 그냥 엄마 옆에 누워 있는 나를 돌아보세요. 자, 엄마, 나 여기 있어요. 날 안아주세요. 날 만져주세요……

4. 편지에 대하여

두 장의 편지

무엇을 어떻게 써야 할지 몰라서 오랫동안 고민했다. 그러다가 두 장의 편지를 생각했다. 산 자가 죽은 자에게 보내는 편지 그리고 죽은 자가 산 자에게 보내는 편지가 그것이다. 나는 이 두 편지를 데드 레터가 되게 하고 싶지 않았다. 그래서 바틀비처럼 그 두 편지를 서로에게 배달하고 싶었다. 그 배달이 나에게는 정치적 실천, 적들과의 싸움이기도 했다.

5. 나가면서

세 개의 인용

적들이 승리하면 죽은 자들만이 아니라 산 자들도, 그들의 아들딸들도 안전하지 못하다. 그런데 적들은 지금도 부단히 승리하고 있다.○

말타의 어부들은 가끔 먼 바다에서 슬프게 우는 여자의 목소리를 듣는다. 그건 마라의 울음소리다. 마라는 세상을 구원하려고 이 땅으로 건너온 여자였다. 그러나 사람들은 그 여자의 목을 잘라서 바다에 버렸다. 이후 마라의 목은 울면서 바다를 떠돈다고 한다.○○

그들은 찾아온다. 때아닌 어느 시간에……○○○ (2014.7.)

○ 발터 베냐민, 다시 쓴《역사철학 테제 6》

○○ 토머스 핀천,《브이》

○○○ 프리모 레비,《고통의 노래》

낯선 기억들

초판 1쇄 인쇄 2020년 9월 18일
초판 1쇄 발행 2020년 9월 24일

지은이 김진영
펴낸이 이상훈
편집인 김수영
본부장 정진항
문학팀 김준섭 김수아
디자인 형태와내용사이
마케팅 천용호 조재성 박신영 조은별 노유리
경영지원 정혜진 이송이

펴낸곳 한겨레출판(주) www.hanibook.co.kr
등록 2006년 1월 4일 제313-2006-00003호
주소 서울시 마포구 창전로 70 (신수동) 화수목빌딩 5층
전화 02-6383-1602~3
팩스 02-6383-1610
대표메일 munhak@hanibook.co.kr

ISBN 979-11-6040-429-6 03810